ギルティフィール

いおかいつき
ITSUKI IOKA

イラスト
國沢 智
TOMO KUNISAWA

JN036392

Lovers Label

CONTENTS

1

午後七時を過ぎても、まだ夜とは言えない明るさの中、河東一馬《かわとうかずま》と神宮聡志《じんぐうさとし》は待ち合わせ場所へと急いでいた。

「やっぱ遅れたな」

一馬は腕時計を見ながら呟《つぶや》く。

「これくらいは誤差の範囲だ。俺たちなら」

一馬とは違い、焦《あせ》った様子もなく、神宮は淡々《たんたん》と答える。今、急ぎ足になっているのは一馬に合わせているだけで、一人ならきっと悠然《ゆうぜん》と歩いているに違いない。

一馬は品川署《しながわしょ》の刑事《けいじ》、神宮は科学捜査研究所《かがくそうさけんきゅうじょ》の所員で、二人とも日々、事件捜査《じけんそうさ》に追われている。事件はいつ起きるかわからないから、先の予定が立てづらい。待ち合わせ相手の桂木《かつらぎ》もそのことをよくわかっていて、毎回、どうなるかわからないという注釈《ちゅうしゃく》付きで約束をしていた。

「あいつを待たせたら、後が怖いんだって。笑って許した後に何かとんでもないことを要求されそうだろ」

にこやかに微笑《ほほえ》む桂木暁生《かつらぎあきお》の顔を思い浮かべ、一馬は大げさに体を震《ふる》わせて見せた。

一馬たちの友人である桂木は、優男風《やさおとこふう》の外見でありながらもかなりのやり手で、頭の回転の速さは神宮に劣《おと》らない。友人であっても油断はできない男なのだが、その緊張感《きんちょうかん》も一馬には心《ここ》地《ち》よかった。

そんな会話をしているうちに、目的地のコーヒーショップに到着した。待たされることを見越して、桂木は時間を潰《つぶ》せる店での待ち合わせにしたようだ。

テラス席に座っていた桂木は、一馬たちに気づくとすぐに席を立って近づいてきた。途中、手にしていたカップをゴミ箱に入れて、そのまま店外にいる一馬たちの元に歩み寄る。

「十分の遅刻《ちこく》か。最初の一杯《いっぱい》は奢《おご》ってもらおうかな」

桂木があまり怒った様子のないことに、一馬は安堵《あんど》する。

今日の食事を全て奢れと言わないのは、一馬よりも遙《はる》かに高給取りである桂木の気遣いだろう。公務員の二人とテレビ局の敏腕《びんわん》プロデューサーの桂木とでは、その給与にはかなりの開きがあった。

「お前の言ってた店、この近くなんだろう?」

自分も遅れてきたくせにまるで他人事《ひとごと》の顔をした神宮が尋ねると、

「ああ、歩いてすぐ……」

答えかけた桂木が何かに気づいて視線を止めた。

「どうした?」

一馬は問いかけながら、桂木の視線を追う。

歩道上に人だかりができていた。店に集まっているのではなく、歩道に何かあるような人の集まり方だ。

「若い奴らが飲んで騒いでんじゃないのか」

「こんな時間から？　まだ早くない？」

一馬の答えは桂木を納得させなかった。マスコミの人間として、人の集まるところは見逃《みのが》せないようだ。

「ちょっと見に行こう」

「俺たちも行くのかよ」

「揉《も》め事《ごと》ならお前の出番だろ？」

そう言われては一馬も行くしかない。肩《かた》を竦《すく》めて歩き出した一馬たちの後ろを、関わり合いになりたくないとばかりに、少し離れて神宮が続いた。

近づくと、その集団はほとんどが女性だとわかった。

「マジでいるの？」

「ちょっと見えないんだけど」

集団の外側にいる女性たちは背伸びしたり飛び上がったりして、輪の中心を覗《のぞ》こうとしている。

「中に誰か有名人でもいるみたいだな」

女性たちの声からそう判断したものの、一馬は刑事としてどう動くべきか考える。中の状況《じょうきょう》がどうなっているのかわからないものの、このまま人だかりを放置していては、事故《じこ》が起きかねない。

一馬は大きく息を吐《つ》くと、

「警察《けいさつ》だ」

一際《ひときわ》大きな声を上げた。

一瞬、静寂《せいじゃく》が訪れた。その隙《すき》を逃《のが》さず、一馬は言葉を続ける。

「通行の邪魔《じゃま》だ。すぐにこの場を離れるように」

言葉だけでは真実味がないだろうと、一馬は頭上に警察手帳を掲《かか》げる。

突然の警察官の登場に、動きの止まった人々の間をかき分け、一馬は輪の中心へと向かう。

騒《さわ》ぎを収めるにはその原因を確認する必要がある。誰がいるのか知らないが、その人間を別の場所に移せば、人だかりはなくなるはずだ。

桂木も後に続いてきたが、その後ろに神宮の姿がないのはきっと人混《ひとご》みに揉まれたくないからに違いない。赤の他人と肌を触れ合わせるのが嫌《いや》で車通勤している男だから、この状況はもっとも避《さ》けたいはずだ。

ようやく辿《たど》り着いた人の輪の中心にいたのは、ストレートの長い黒髪と白い肌が対照的な愛らしい顔立ちの若い女性だった。一馬は芸能人に詳しくないため誰かはわからないが、一般人には見えないオーラのようなものが感じられた。

「レイラじゃん」

一馬の背後から桂木の呟きが聞こえる。

「知り合いか?」

「そうじゃないけど、レイラならこの騒動《そうどう》も納得だ」

「そうか。なら、ひとまず、ここから移動させよう」

一馬と桂木は短いやりとりだけですぐに動き出した。大勢の人に囲まれ、身動きの取れなくなっていたレイラと呼ばれる女性に桂木が声をかける。

「ここから離れるよ」

「でも……」

レイラがどうやってというふうに、困惑《こんわく》した顔で押しつぶされそうな人混みを見渡す。連れもいなさそうで、たった一人、これだけの人に囲まれたのだ。少し怯《おび》えたように見えるのも当然だろう。

桂木に視線を向けられ、一馬が再度、声を上げる。

「はい、解散」

その言葉に周囲から不満の声が上がる。それぞれスマホを手にしていることから、レイラの写真を撮りたいのだろう。

「彼女に迷惑《めいわく》をかけてるのはわかってるだろ。速《すみ》やかに解散しなさい」

一馬の険《けわ》しい表情を見て、輪の中心付近にいた人間が改めてレイラに視線を移した。すっかり怯えた様子で顔を強《こわ》ばらせているレイラに、ようやく周りの人間たちも我に返ったように、すっと一歩、後ろに下がった。ここにいるのはほとんどが若い女性だ。集団心理もあったのだろうが、一人を大勢で取り囲むことで与える恐怖《きょうふ》に気づいていなかったようで、自分が恥ずかしくなったらしい。皆、気まずそうな顔だ。

「そこを開けてくれ」

一馬の言葉に、もう不満の声は上がらなかった。

人垣《ひとがき》が開けた先には、神宮がタクシーを停《と》めて待っていた。レイラがこの場所にどんな目的をもって来ていたのかは知らないが、今日はもうここを離れるしかないだろう。神宮はそれを見越して準備していた。

「とりあえず、あれに乗ろう」

一馬はレイラの背中を押し、タクシーへと向かう。もう誰も進路を塞《ふさ》ぐことはなく、すんなりと通り抜けられた。

「河東、俺たちも乗るぞ」

タクシーの手前まで来ると、桂木が後ろから一馬に呼びかけた。

「なんで？」

「安全な場所に送り届けるついでに、俺たちもここを離れよう。目立ちすぎた」

桂木はそう言うと、先にレイラをタクシーに乗せ、その後に続いた。

確かに、大勢の楽しみを邪魔してしまったし、一馬たち三人は目立つ。三人ともタイプの違うイケメンだから、三人が並ぶと余計に女性の視線を集めてしまうのだ。その上、今は大勢の女性たちの前で派手《はで》な行動を取ってしまった。

神宮も桂木の台詞《せりふ》に納得したのか、助手席へと乗り込む。そうなると一馬も乗るしかない。後部座席に大人が三人は少し窮屈《きゅうくつ》だが、座れるのはそこだけだ。

一馬が乗り込むのを待って、タクシーはすぐに走り出した。どうやら行き先は既《すで》に告げていたらしい。

「事務所に入ってなかったんだ？」

桂木が意外そうな声でレイラに問いかけている。一馬には唐突《とうとつ》なように聞こえるが、乗り込むまでの間に、会話は始まっていたのだろう。

「今は姉がマネジメントをしてくれてるんです。まだこの仕事を続けるかどうか決めてないから」

さっきまでとは違い、集団から解放されたことで落ち着いたのか、レイラの口調は明るさを取り戻している。桂木とは初対面のはずだが、桂木のコミュニケーション能力の高さによるのか、会話はスムーズに進んでいる。

「それでうちの局の奴らが、窓口がないってぼやいてたのか」

「ごめんなさい。テレビは出ないって決めてるんです」

レイラが申し訳なさそうに答えているのを見て、一馬はいつの間に、桂木は自分がテレビ局の人間だと説明したのかと驚《おどろ》く。おそらく一馬たちがタクシーに乗り込むまでの間のことなのだろう。随分《ずいぶん》と早業《はやわざ》だ。

「残念だな。役者とか、興味ない？」

「お前、スカウトまでするのか？」

桂木の台詞に、一馬はつい口を挟《はさ》んでしまった。

「視聴率が取れそうならな」

「いやいや、そこはいいドラマを作るためって言えよ」

一馬が言い返したところで、明るい笑い声が車内に響《ひび》いた。レイラだ。

「桂木さんって正直なんですね」

この短い時間でレイラはすっかり砕《くだ》けた態度に変わった。元々が人見知りをしない陽気《ようき》な性格なのかもしれない。初対面の桂木との会話も気詰《きづ》まりな様子は見せていない。

「公の場では、ちゃんと嘘《うそ》吐くよ」

「ちゃんと嘘吐くって、どんな日本語だ」

一馬が突っ込むと、今度は桂木も笑い、後部座席に笑いが広がる。その一方で、前の席は静かだった。座席の距離もあるが、そもそも神宮がこんな会話に加わるはずもない。だが、話の

区切りがついたところで、

「桂木、俺たちは最後まで付き合わなくてもいいんだろう？」

それまでずっと黙《だま》っていた神宮が車内で初めて口を開いた。

「降りたい？」

「ああ。お前は目的があってその子を送っていくんだろうが、俺たちにはないからな」

「目的ってなんだ？」

一馬も神宮とともに降りることに異論はないのだが、桂木の目的次第では最後まで付き合ったほうがいいだろう。そう思って問いかける。

「今後のために、お姉さんと繋《つな》ぎを取っておきたいんだよ。気が変わってテレビに出たいって時が来るかもしれないだろ？」

悪びれずに笑う桂木に、レイラも再び笑い出す。これだけ堂々と言われると、すがすがしささえ感じるから不思議《ふしぎ》だ。

「なら、俺たちはついて行かなくてもいいな」

一馬たちにレイラの姉と顔を合わせる理由はない。一馬が納得したところで、神宮が運転手に近くで停《と》めてくれるよう声をかけた。

「また連絡する」

そう桂木に声をかけられ、一馬と神宮はタクシーを降りた。

走り去るタクシーを見送ることもなく、一馬たちも歩き出す。元いた場所に戻るつもりはないが、行き先を決めていない。

「どうするよ？」

一馬は周囲を見回して神宮に尋ねる。さっきまでいた場所ほどではないが、この辺りにも飲食店はある。仕事終わりに直行したから、二人とも夕食もまだだった。

「もうそこで牛丼でも食って帰ろう。飲む気分じゃなくなった」

神宮の顔からは不似合いな牛丼の言葉に、一馬は口元を緩《ゆる》めつつ、その意見に賛同《さんどう》した。すぐ近くにそこら中で見かける牛丼のチェーン店があり、二人はそのまま入店した。

二人それぞれ注文を終え、落ち着いたところで、

「お前はさっきの子のこと、知ってたか？」

一馬はふと思い出して尋ねてみた。あの人だかり具合や、桂木の態度から、レイラと呼ばれる少女が相当な有名人なのだろうことはわかったが、一馬には全く見覚えがなかった。

「俺が知るわけないだろう」

神宮はそう言いながらも、携帯電話を操作して、一馬に指し示す。

「さっき車内で検索《けんさく》した」

神宮も顔や態度には出していなかったものの、気にはなっていたようだ。

携帯電話の画面にはレイラについて説明しているページが表示されていた。ネット検索です

ぐに結果が出るというところからも、さっきの人の集まり方も納得できる。

レイラは現在、十九歳。生粋《きっすい》の日本人だがアメリカ生まれのアメリカ育ちで、来日はおよそ一年前、それから始めたSNSのファッションコーデが十代女子を中心に人気を集めた。今ではプロのモデルでもないのにフォロワー数が五十万人を超える人気インフルエンサーとなっている。レイラが身につけたものは売れると、最近は企業と商品をコラボしたり、ファッション雑誌に登場したりもしているらしい。

「ってことは、素人《しろうと》じゃないけど、芸能人でもないってことか」

桂木も事務所に入っていないというようなことを言っていたなと思い出す。

「そうなんだろうな」

「まあ、あれだけ可愛けりゃ、人気も出るか」

一馬はほんの十分前まで一緒にいたレイラの顔を思い浮かべる。

レイラは身長も一七〇センチくらいで女性にしては高いほうだったし、細身でスタイルもよかった。綺麗系というよりは可愛い系の顔立ちが人形のように整っていた。アイドルだと言われても納得できる風貌《ふうぼう》だった。

「ああいうのが好みなのか？」

「一般的な話をしただけだ。俺の好みからすると子供すぎるな」

一馬はレイラの姿を思い浮かべながら答えた。一馬の好みは一貫《いっかん》している。大人の色気ある女性だ。

「問題は年齢だけってことか」

「それは大きな問題だろ。っていうか、お前……」

一馬の言葉は店員が牛丼を運んできたことで途切《とぎ》れる。うっかり、嫉妬《しっと》してるのかと茶化《ちゃか》しそうになったが、おかげでここが牛丼屋の店内だとギリギリで思い出した。店員もいれば他の客もいる場所で、迂闊《うかつ》に二人の関係を匂《にお》わすようなことは言えない。

湯気《ゆげ》の立つどんぶりを前にして、二人は会話を中断させ、食べることに集中した。長居する店でもないから、十分とかけずに食べ終えた後は、早々に店を出た。

「この後、どうするよ」

どことという目的もなく、歩き出しながら一馬は尋ねた。

腹が膨《ふく》れると、もう店を変えてまで飲みに行く気分ではなくなったが、せっかく早い時間に仕事が終わったのに、これで帰るというのも物足りない気がする。

「俺の部屋で飲むか?」

神宮からの提案に、一馬は即座《そくざ》に同意した。

「そうだな。それなら帰りの時間も気にしなくていい」

二人の足は打ち合わせせずとも、地下鉄の駅へと向かっていた。この時間帯ならタクシーよりも電車のほうが早い。

　そうして電車と徒歩で辿り着いた神宮の部屋には、一馬の着替え一式が常備されている。転勤に伴《ともな》い引っ越して、互いの部屋がかなり近くなったというのに、一馬は私物を引き上げることをしなかった。距離の問題ではなく、神宮の部屋に来たときはもう泊まるものだと思い込んでいるからだ。

「先にシャワー使っていいぞ」

　一馬が泊まっていくのが当然のような神宮の言葉に、一馬も当たり前のように頷《うなず》いて、バスルームへ向かう。

　引っ越して間もない自分の部屋よりも圧倒的に使い慣れたバスルームで、手早く汗《あせ》を流していく。髪も洗って、すっきりしたのは僅《わず》か五分後だった。待っている神宮を気遣ったのではなく、いつもこんなものだ。

　髪を拭《ふ》いたタオルをそのまま首から下げて、一馬はリビングに戻る。

「相変わらず早いな」

　テーブルに酒の準備をしていた神宮が、呆《あき》れたように言った。一馬が出てくるまでの間に終わらせるつもりだったのが、早すぎたということなのだろう。

「シャワーだけなら、こんなもんだろ」

　一馬はそう言って、ソファを背もたれにして、床に座る。ここが神宮の部屋での一馬の定位置だった。

「俺も汗を流してくる。先に飲んでていいぞ」

神宮はそう言って、バスルームに向かった。

神宮は一馬ほど早くはない。十分以上はかかるだろう。それならと一馬は目の前にある缶《かん》ビールに手を伸ばす。

ゴクゴクと音を立てて喉《のど》にビールを流し込む。渇《かわ》いた喉が潤《うるお》され、汗を流すのとはまた別の爽快感《そうかいかん》だ。

それから一馬はテレビのリモコンを手に取った。何か見たいものがあったわけではない。ただ一人で時間を潰すためにだ。こういうとき、チャンネルを合わせるのは桂木が勤めるテレビ西都《せいと》だ。次に会ったときの話のネタになるかもしれないと思い、最近はテレビ西都ばかり見ている。

画面に映像が映ると同時に賑《にぎ》やかな笑い声が響《ひび》き渡る。バラエティ番組のようだが、出演者のほとんどを一馬は知らない。中には見たことのあるような芸能人もいるが、名前までは知らなかった。

番組が続くうち、女性タレントたちが画面に大きく映し出されることもあった。若い女性が三人ほど映ったが、その誰もがほんの数時間前に会ったレイラには敵《かな》わないように見えた。彼女のほうが圧倒的に可愛かったと、一馬は思い返していた。

「それ、面白いか？」

不意に問いかけられ、一馬はどこか後ろめたさを感じて、すぐに言葉を返せなかった。神宮の部屋で他の女のことを考えていたからだ。

「見てなかったのか？」

「見てたけど、面白いかどうか……、どうだろう」

一馬は首を傾《かし》げてみせる。見てはいたものの、面白さを感じるほどには注視していなかった。おまけに途中からは考え事をしていたから、全くどんな番組なのかもわかっていない。

「ま、聞いたものの、俺もどうでもいいんだが」

そう言って、神宮は一馬の隣に腰を下ろし、すぐに缶ビールを手に取った。

神宮の腕が前に伸び、後ろに下がる。そんな些細《ささい》な動作でも、隣《となり》から風呂上がりの神宮の匂《にお》いが漂《ただよ》ってくる。

「いい匂いだ」

その香りに誘《さそ》われて、一馬は神宮の肩口に顔を寄せた。

「今日はお前も同じ匂いだぞ」

微《かす》かに笑いを含《ふく》んだ声が耳元で響く。

神宮の言うとおり、同じボディソープに同じシャンプーを使ったけれど、神宮本人の匂いが混じるからだろう。その香りは一馬にとって特別にそそる匂いとなっていた。

匂いが一馬を興奮《こうふん》させる。多少強引に神宮の体を抱きしめた。

「缶ビール一本終わるまで待てないのか？」

「お前が妙《みょう》なフェロモンを撒《ま》き散《ち》らすのが悪い」

「妙なフェロモンってなんだ」

くくっと声を上げて神宮が笑う。

自宅だからか、風呂上がりだからか、それとも一馬と二人きりだからなのか、神宮はいつもよりも雰囲気《ふんいき》が柔《やわ》らかい。それがギャップとなり一馬を刺激する。

一馬は神宮の頭に手を添えて、そのまま髪に指を絡《から》ませる。洗いっぱなしの一馬と違い、神宮は既《すで》に髪を乾《かわ》かしていたが、それでもシャンプーの香りは微かに残っている。その香りに誘われて髪に唇《くちびる》を落とした。

雰囲気に酔《よ》ったかのような一馬の行為に、微かに神宮が笑った気配がする。けれど、そのすぐ後にお返しとばかりに首筋《くびすじ》を吸《す》われた。

もちろん、二人がそんな戯《たわむ》れの愛撫《あいぶ》で満足できるはずもなく、どちらからともなく、顔を向き合わせた。

互いの顔が近づいていく。そうして、唇が触れ合えば、後は互いを貪《むさぼ》るだけだ。より相手を感じたくて口中を探り合う。

背中に回した手に自然と力が入り、また自らの背中に回った神宮の手にも力が込められる。女性では感じられない力強さが、今では一馬を興奮させていた。

神宮との深い口づけは、一馬の中心を熱くさせる。それならきっと神宮も同じ状況のはずだ。

一馬は神宮の股間《こかん》へと手を伸ばした。

スウェットの中へと手を差し込む。そして、熱い昂《たか》ぶりに触れた指をそのまま形に添って撫《な》で下ろした。

ピクリと体を震わせた神宮の手も一馬の屹立《きつりつ》に触れている。一馬とは違い、神宮はまだスウェットの上から触れただけだ。それがもどかしくて、一馬は空《あ》いた手で自らスウェットと下着を引き下げた。

「そんなに触って欲しいのか？」

神宮が顔を離して問いかける。その声には笑いが含まれていた。

「お前がいるのに自分で触ってなんかいられるか」

触れと腰を突き出す一馬に、神宮は艶然《えんぜん》と微笑みながら手を伸ばした。焦《じ》らすつもりはなかったらしい。

向かい合い、改めて相手の屹立に手を添える。

同じタイミングで始めようなどとは決めていない。それなのに、手を動かしたのは同時だった。

「……っ……」

待ちかねた刺激に一馬は息を呑《の》む。一馬のいいところを知り尽《つ》くした神宮の手は、巧《たく》みに一馬の官能を高めていく。

一馬も負けてはいなかった。一人だけ気持ちよくなるのではなく、神宮も感じさせたい。他の男のものなど手が当たることすら嫌だが、神宮のものには触れたいと思ってしまうのが不思議だ。

一馬が手を動かすと、神宮の顔に赤みが増していく。形を変えるだけでなく、その表情からも快感が伝わってきて、一馬の顔は自然とほころぶ。

もちろん、一馬も感じている。むしろ神宮よりも限界は近いだろう。経験値の差だとは想像したくないが、巧みな神宮の手によって限界はすぐそこまで来ていた。

「先にイッていいぞ」

神宮が余裕の笑みを浮かべて挑発《ちょうはつ》する。

確かに、切羽詰《せっぱつ》まった状況だが、言われっぱなしではいられない。一馬もなんとか笑顔を作る。

「冷たいこと言うなよ。お前だってイきたいんだろ」

そう言うなり、一馬は腰を上げ、神宮に握《にぎ》られたままの自らの先端を神宮のそれに押し当てた。

「くっ……」

予想外の刺激だったのだろう。神宮が堪《こら》えきれずに低く呻《うめ》いて射精《しゃせい》した。一馬もまた自分の動きに刺激され、精を解き放つ。

あまりにも近い距離で射精したため、互いのものが混じり合って股間《こかん》を濡《ぬ》らす。

「まさかの攻撃だったな」

神宮が呆れたように言った。

「余裕ぶってるからだ」

一馬は得意げに胸を張る。そんな一馬を神宮は鼻で笑う。

「それを寄越せ」

そう言って、神宮がひょいと手を伸ばし、一馬が首にかけていたタオルを引き抜いた。そして、それを使ってお互いの股間に飛び散った液体を拭《ぬぐ》い取っていく。

「順番が逆だったな」

神宮のするままに任せていた一馬は、その作業を見ながらぽつりと呟く。

「何が逆だって?」

見える範囲を拭き取った神宮は顔を上げて問いかける。

「もうちょっと後で、シャワーを浴びればよかったってことだよ」

タオルで拭っただけの股間を下着で隠《かく》しながら、一馬はぼやく。せっかく汗を流したばかりなのに、タオルで拭ったくらいではどうにもすっきりしない。

「洗ってないほうが好みとは、なかなかマニアックだな」

神宮もまた自身を隠しながら、揶揄《からか》うように笑って見せた。

「そんなわけあるか」

一馬は顔を顰《しか》めて即座に否定した。神宮しかいないとはいえ、そんな汚名《おめい》を着せられたくはない。

「やっぱり、もう一回、シャワー浴びてくるわ」

潔癖症《けっぺきしょう》なわけではないが、神宮におかしな言われ方をしたせいか、タオルで拭っただけではまだ匂いが残っていそうで落ち着かない。髪は洗わなくてもいいのだから、軽く体を洗うだけですぐに戻ってくるつもりだった。

立ち上がった瞬間、一馬の体は前へと倒れ込んだ。

「ちょっ……」

一馬は咄嗟《とっさ》に手を突き、顔を打つことは防《ふせ》げたが、振り返り、こうなった原因を睨《にら》み付ける。スウェットと下着を一気にずり下げられ、足の動きを止められたせいだ。

「ウエストがゴムだと、簡単にずらせるな」

全く悪びれた様子もなく、それどころか神宮は満足げな顔で一馬を見下ろしている。その足は一馬の動きを封《ふう》じるため、ふくらはぎを押さえていた。

すっかり油断していた。一番警戒《けいかい》しなければいけない状況なのに、それ以外では最も信用している男だからこそ、油断してしまうのだ。

「シャワーはもう少し後でいいだろう」

神宮の手が剝《む》き出しになった一馬の双丘を撫でる。

「……っ……」

軽く撫でられただけ、たったそれだけなのに一馬は体を震わせる。勝手に漏《も》れ出そうになる声は、唇を嚙《か》みしめることで押し殺した。無防備《むぼうび》になった場所への刺激は、どれだけソフトでも過敏《かびん》に感じてしまう。

この状況から脱するため、両手に力を入れて体を起こそうとした。けれど、神宮の膝《ひざ》にふくらはぎを押さえつけられていて、思うように体を動かせない。

「いい加減にしろ」

無駄《むだ》だと思いつつも、一馬は神宮を咎《とが》める。

「俺があれだけで満足すると思ってたのか？」

「満足しろよ」

「無理だな。こんな挑発的な格好《かっこう》をするお前が悪い」

指摘《してき》されて気づく。今、自分がどんな格好をしているのかを。両手と膝をつき、四つん這《ば》いになって、尻《しり》を神宮に向けて突き出しているのだ。挑発していると言われても無理のない格好だ。だが、一馬が望んでそうしたわけではない。

「お前のせいだろ。今すぐ離れろ」

責める一馬に神宮は反論しない。言葉ではなく、行動で応《こた》えた。

「あっ……」

双丘の狭間《はざま》に冷たい液体が垂《た》らされ、一馬は身を竦ませる。それが後孔を解《ほぐ》すためにかけられたローションだと経験上、わかってしまうのが嫌だ。

丸みのない双丘を柔々《やわやわ》と撫でていた手が、そのまま狭間へとさしかかる。そして、指先が後孔に触れた。

「やめ……ろ……」

「素直になれ。ここが好きだろう?」

楽しげな神宮の声の後、滑《ぬめ》った指がゆっくりと一馬の中に侵入《しんにゅう》してきた。

「くっ……う……」

一馬はその違和感《いわかん》と異物感を堪えるために、両腕を曲げて床につけ、その中に顔を埋《うず》めた。

それでも漏れ出る声は堪えきれない。

今、一馬は腰だけを突き上げた格好になっていて、その姿を神宮に視姦《しかん》されていることに気づいていない。気づく余裕はなかった。

「ああっ……」

中の指が反転し、一馬は声を上げる。

肉壁を擦《こす》られることにもそそけ立つが、それ以上に指先が前立腺《ぜんりつせん》を掠《かす》めたことが、一馬の意思とは反対に、中心に力を取り戻させてしまった。

中を解すためなのだから、神宮の指は動きを止めない。蠢《うごめ》く指が一馬を苛《さいな》み、触れられてもいない中心は先走りまで零《こぼ》し始めた。

「凄《すご》いな。だらだら零して」

神宮が空いた手で屹立を軽くなぞった。

「あうっ……」

限界に近い状態の屹立は、そんな些細な刺激すらも我慢することができない。堪《たま》らず一馬は背を仰《の》け反《ぞ》らせる。

「イかせてって、可愛くおねだりしたら、イかせてやるぞ」

「誰がっ……」

一馬は拒絶《きょぜつ》の言葉を投げつけようとしたのだが、中の指がそれを拒《こば》む。的確に前立腺を擦《こす》られ、嬌声《きょうせい》を上げないように唇を引き結ぶことしかできない。

「相変わらず、素直じゃないな。ここはこんなに悦《よろこ》んでるのに」

神宮はさらに指を増やし、二本の指でより深く中を刺激する。

男としてのプライドが、中だけで達することを受け入れさせない。神宮の指でイかされるくらいなら、自分で扱《しご》くと、一馬は自らに指を絡ませた。

「どっちの手でイクか競争ってわけか」

神宮が勝手にそう判断したせいで、中の動きが激しくなる。

「あうっ……あっ……」

一馬には競争するつもりなど微塵《みじん》もなかった。ただ、中でイきたくなかっただけなのに、余計に自分を追い詰める結果になってしまった。

「あ……はぁ……っ……」

また指が増やされ、一馬は快感を逃すために熱い息を吐くだけしかできない。手を動かそうにも、そんな余裕はどこにもなかった。

「手が止まってるぞ」

神宮の指摘に、一馬は首を横に振る。言い返すために口を開けば、きっと淫《みだ》らな喘《あえ》ぎになってしまう。

結局、一馬は手を元に戻し、両手で体を支えた。

「こっちのほうが好きってことか」

笑いを含んだ神宮の声にも反論できない。神宮が前立腺ばかりを執拗《しつよう》に責め立ててくるせいだ。意地でも後ろだけでイかせてやるとばかりに、一度たりとも前には触れようとしなかった。中にある三本の指が、一馬を乱す。快感を逃そうと勝手に腰が揺らめき、それがまるで神宮を誘っているかのように見えていた。

神宮が指を曲げ、前立腺を強く押し上げた。

「ああっ……」

　ついに一馬は限界を迎えた。迸《ほとばし》りが床を濡らす。

　後ろだけでイかされるのは、一馬からかなりの体力を奪《うば》った。ぐったりとして、そのまま床に崩《くず》れ落ちそうになる。けれど、神宮がそれを許さない。

　両手で腰をがっちりと摑《つか》むと、そのまま熱い昂ぶりを押し当てた。

「待っ……あぁ……」

　一馬の制止を求める声は言葉にならなかった。硬い屹立に奥まで一気に穿《うが》たれたせいだ。どれだけ指で馴《な》らされていても、この大きさが与える衝撃《しょうげき》は拭えない。呼吸が止まるほどの圧迫感に一馬はただ耐えるしかできなかった。

　そんな一馬の状況がわかっているからだろう。神宮は動くことなく、一馬の中が屹立に馴染《なじ》むまで、じっと待っていた。

　圧迫感をやり過ごそうと、一馬は浅い呼吸を繰り返す。その様子を神宮がじっと見つめていた。

「お前の、その、いつまで経《た》っても慣れない様子が、俺をますます駆《か》り立てるんだ」

「何……？」

　一馬は掠《かす》れた声で、その言葉の意味を問いかける。

「コイツが……」

神宮が密着したまま、『コイツ』を主張するように、ぐっと腰を押しつける。

「大きくなるのは、お前のせいってことだ」

「俺のせいじゃ……あぁ……」

後ろから回ってきた手が胸の尖《とが》りを摘《つ》まみ、一馬は甘い息を漏《も》らす。

「俺ばかり楽しんでるんじゃ、申し訳ないからな。お前も楽しめ」

そう言いながら、神宮は胸を弄《いじ》くる。

指先で撫でては摘まみ上げられ、激しくはないものの、じわじわと快感が一馬の全身に広がっていく。

「よほどいいみたいだな。今、締め付けたぞ」

「うる……さ……」

神宮の揶揄《やゆ》する言葉を否定しようにも、体は正直だ。締め付けたのは無意識だったが、気づいてはいた。だが、それを指摘されるのも認めるのも嫌だった。

「そろそろこっちでも楽しめるようになったんじゃないか？」

神宮は軽く腰を揺さぶる。

「はっ……あぁ……」

淫らな響きを持つ息は、神宮の耳にも確実に届いた。もう大丈夫だと、神宮は両手で一馬の腰を抱え直す。

ずるりと中から屹立が引き出された。一馬が息を吐く暇《ひま》もなく、再び、奥まで突き入れられる。

「あぁっ……あ……っ……」

感じているとわかる一馬の反応に、神宮の腰使いは激しさを増す。

体を揺さぶられ、どこか支えが欲しくても掴まるところもなければ、そんな力もなかった。与えられる快感が体の自由を奪っていた。

「な……何……?」

不意に神宮が動きを止めた。体は楽になったが、神宮の目的がわからないから、気持ちは落ち着かない。一馬は首を回して、神宮を仰《あお》ぎ見た。

神宮は一馬の片方の足首を掴むと、そのまま上へと引き上げた。

「いっ……あぁっ……」

繋がったまま体勢を変えられ、中にある屹立が大きく動いた。一馬の口から一際《ひときわ》大きな声が勝手に上がる。

それまでうつ伏《ぶ》せで、神宮がどんな顔をしているのか、ずっと見えていなかった。体が反転したことで、初めて神宮と目が合った。

普段、澄《す》ました顔しか見せない神宮が、劣情《れつじょう》を露《あら》わに一馬を見据《みす》えている。服を脱《ぬ》ぐのももどかしかったのだろう、スウェットをずらしただけの姿だ。神宮の顔だけでなく、全身が、一

馬を欲しいと訴《うった》えていた。

「お前ももっと感じろ」

神宮はまっすぐに一馬を見つめて命令する。

勝手な言い分だ。これほど一馬を翻弄《ほんろう》しているというのに、まだ足りないというのか。それでも神宮の言葉から、一馬以上に神宮も感じているのだと伝わってくる。だから、怒れなかった。

一馬の足を抱えたまま、神宮が再び腰を使い始める。もっと一馬を感じさせるために、その動きは激しい。

足を抱えている分、神宮はさっきよりも動きを取りづらくなっている。それを補《おぎな》うように、神宮は小刻《こきざ》みに奥を突いてきた。

「あっ……はぁ……あぁ……」

ひっきりなしに溢《あふ》れ出る声は、神宮の望む快感を受けていると教えていた。一馬の中心はとっくに硬く勃《た》ち上がり、突き上げられるたびに揺れている。

見たくないのに見えてしまう。それには触れられていないのだから、後孔で感じているのだと嫌でも思い知らされる。

「もう出すぞ」

神宮の宣言に一馬は頷く。とっくに一馬も限界だったのだ。これ以上、長引かせられるのは辛《つら》かった。

一馬は放置していた自らに手を伸ばす。そして、神宮が突き上げるのに合わせて、屹立を扱いた。

「くっ……うぅ……」

多分、一馬のほうがほんの少しだけ早かった。射精の解放感が訪れた後に、中に熱いものが解き放たれた。

神宮がゆっくりと引き抜くと、浮いていた一馬の腰は床へと落ちる。一馬は床に寝転がったまま、起き上がる気力もなかった。

「お前、また……」

一馬は恨《うら》みがましい目を向ける。神宮が一馬の中で射精したことがわかったからだ。

それでも一馬にできるのは睨み付けるくらいで、続けて三度も達した体は、全く力が入らず、蹴《け》り飛ばすこともできない。

「シャワーに行くところだったんだ。問題ないだろう」

「大ありだ」

「安心しろ。俺がちゃんと隅々《すみずみ》まで洗ってやる」

「いらねえよ」

神宮がただ洗うだけで終わらせるはずがない。過去の経験から、一馬はそれがよくわかっていた。

「なんだ、まだそんなに強がる気力が残ってるのか」

神宮が独《ひと》り言《ごと》のように呟き、何か考えるような素振《そぶ》りを見せた。

嫌な予感がして一馬の背筋《せすじ》に寒気が走る。

神宮の口ぶりでは、先ほどの行為で気力を奪うほどに抱く予定だったと考えられる。何故《なぜ》、今日はそこまでしようと思い至ったのか……。

「お前、もしかして、なんか怒ってる？」

一馬は窺《うかが》うように問いかけた。神宮が怒っていて、それを一馬にぶつけようとするのなら、原因は一馬なのだろうが、全く心当たりがない。

「いや、怒ってはいない」

その言葉と裏腹に、神宮の顔は笑っていない。事後だというのに、険しい表情に、一馬は自分の勘《かん》が当たっていることを悟《さと》った。

「ただ、この辺で一度、お前はもう女では満足できない体になったんだと、思い知らせておこうと思ってな」

「なんで今更《いまさら》、女のことなんて……」

神宮とこんな関係になってからは、一度も女性と付き合っていないし、キスすらしていない。

一馬は首を傾げる。

「まだ余所見《よそみ》はするようだからな」

余所見と言われて、ようやく一馬は原因に思い当たった。レイラだ。可愛いと言ったことをまだ根に持っていたということだ。

一馬にしてみれば客観的な感想を告げただけだった。異常に嫉妬深い神宮には、それすらも駄目《だめ》なのだと気づけなかったのは迂闊だった。

「わかったようだから、続きをしようか」

神宮がニヤリと笑って、一馬の太腿《ふともも》に手を添える。それを払《はら》いのける体力もない一馬は、自分の不覚に項垂《うなだ》れた。

2

その連絡は突然だった。携帯電話に登録されていない番号から着信があった。刑事という職《しょく》業柄《ぎょうがら》、どんな電話にでも対応するようにしている。

「はい、河東」

『この前、助けてもらったレイラです』

全く予想もしていなかった名前に、一馬は驚きで返事が遅れた。

『あの、覚えてませんか？』

「ああ、いや、覚えてるよ。驚いただけだ」

『ごめんなさい。桂木さんに番号を教えてもらったんです。桂木さんから、連絡、なかったですか？』

「なかったな。まあ、それはいいんだけど」

桂木が問題のありそうな人間に、一馬の連絡先を教えたりするはずがない。そういう意味では一馬は桂木を信用している。

『実は、相談したいことがあって……』

「警察の力を借りたいってこと？」

他の誰でもなく、たった一度会っただけの一馬に相談したい理由は、一馬が刑事だからだとすぐに察した。大人の男でいいなら、桂木でもよかったはずだ。

『プロなら対処法がわかるかと思って』

「ものによる」

率直に答えた一馬に、電話の向こうでレイラが続ける。

『本当は警察に行って相談するのが一番だってわかってるんだけど、言えない事情があるんです』

「だから個人的に俺にってことか」

『ごめんなさい』

レイラはまた謝った。一馬に対して、無理を言っている自覚があっても、他に頼る人間がいないのだろう。

「桂木が連絡先を教えたってことは、助けてやれってことなんだろう。話を聞かないとなんとも言えないが、俺にできることなら協力しよう」

「ありがとうございます」

レイラの声にはどこか安堵したような響きが感じられた。よほど困っているらしい。

「電話で済む話か?」

『できれば会ってもらいたいです』

「わかった」

一馬は腕時計に目をやる。

今、一馬は一人で外に出ていた。だからといって、捜査中ではない。担当する事件は起きていないのだが、署で待機する時間があるなら、異動してきたばかりの所轄《しょかつ》に馴染むため、時間があれば管轄内《かんかつない》を探索《たんさく》するようにしていた。

「今からなら時間が取れるが、どうする?」

呼び出しの電話がいつかかってくるかわからないから、先の予定よりも今すぐのほうが動きやすいと一馬は提案する。

レイラも切羽詰まっているのか、すぐでも大丈夫だということで、待ち合わせ場所を決めてから、電話を切った。

レイラが指定したのは渋谷にあるホテルのラウンジだった。今、ここに宿泊しているのだとレイラは言っていた。

昼間だからか、ラウンジにいた客はレイラだけだった。だから、ラウンジの店員に案内されるまでもなく、一馬はその席に近づいていく。

レイラはずっとスマホを見ていたから、近づく一馬に気づかなかった。

「待たせたか」

そう言いながら、一馬はレイラの隣の席に腰を下ろした。相談事なら人に聞かれないほうがいいだろうと、距離の近い席にしただけだった。

「えっ……あ……」

一馬の声に、レイラが慌《あわ》てて立ち上がった。

あまりに慌てすぎたせいか、スマホを落とし、それを拾おうとして屈《かが》んだ弾《はず》みにテーブルにぶつかり前のめりに倒れた。

座っていた一馬の膝《ひざ》にレイラが倒れ込んできた。一馬は受け止めるために手を伸ばす。その手のひらにあり得ないものが当たった。

一馬は驚いて絶句《ぜっく》し、動きを止める。一方でレイラは焦って体を起こしたものの、一馬同様、言葉が出ない。二人はしばし、無言で見つめ合った。

「お客様、大丈夫ですか?」

店員が近づいてきて、レイラに声をかける。そのおかげで二人は呪縛《じゅばく》が解けたように視線を外した。

「大丈夫です。騒がせてごめんなさい」

レイラがしおらしい態度で頭を下げる。

「いえ、お怪我《けが》がないのでしたらよかったです」

笑顔を浮かべて答える店員に、一馬はついでだとアイスコーヒーを頼む。そうして、店員が

立ち去ってから、

「こんなラッキースケベは嬉《うれ》しくない」

顔を顰めて呟く。

一馬の手が受け止めたのは、確実に自分の股間にあるものと同じものだった。それくらい、目で確認しなくても感触でわかる。

「何、それ、言いたいことはそれだけ?」

レイラが不満そうに問いかける。

「何がそれだけだよ。ああ、もう最悪だ」

一馬は触った手をどうしようかと周囲を見回す。直接、触ったわけではないが、このままでいるのはどうにも気持ちが悪い。

「私が男だってことには、何もないの?」

レイラに言われて、一馬は改めてレイラを見た。

デニムのワンピースに足下は黒のサンダルと、どう見ても女性にしか見えないが、そもそも一馬はほとんどレイラのことを知らないのだから、実は男だったのだと言われてもそうなのかと思うだけだ。

「ああ、そうか。そうだったな」

一馬は気にしたふうもなく答えると、レイラは呆気《あっけ》にとられたような顔になる。

そこに一馬の頼んだアイスコーヒーが運ばれてきて、しばし、会話が途切れたが、店員がいなくなると、すぐにレイラが話を続ける。

「もっと驚くかと思った。それか、だまされたって怒るとか……」

「お前が男でも女でも、俺に関係ないからな。怒ることじゃない」

もし、一馬がレイラのファンだったとでもいうのなら、怒るという感情も湧《わ》くのかもしれない。そもそも一馬は先日の騒ぎまでレイラのことを知らなかったのだ。一馬に怒る理由は何もなかった。

「ただ、そう言うってことは、世間はお前が男だって知らないわけだ」

「男だとも女だとも言ってないだけ」

澄ました顔で答えるレイラに、一馬はふっと笑う。

「確かに、俺も自分が男です、なんて言ったことないな」

一馬は過去を思い返しながら答える。申請書《しんせいしょ》等に丸をつけたことはあるが、言葉にして言ったことはなかったはずだ。

その答えが予想外だったのか、一瞬、驚いた顔をした後、レイラは吹き出した。

「今のどこに笑う要素があったよ」

「直感が当たったことが嬉しかったの」

「直感って?」

「この人に相談しようと思って正解だったなって」

レイラは初対面のときと違い、随分と口調が砕《くだ》けてきた。これが素《す》のレイラなのだろう。年上だからと礼儀にこだわるタイプではないし、このほうが話しやすいのなら、一馬に何も言うことはない。

「なんで信用されたかわかんねえけど、お前の相談はそれが原因か」

一馬の言葉に、レイラが頷《うなず》く。

「ほとんどこんな格好で生活してるんだけど、どうしても、男の格好しなきゃいけないこともあるんだよね」

レイラが話し始める。

「病院とかね、保険証は男だから、男の格好で行かないと面倒でしょ？」

「確かに、それはそうだな」

一馬も素直に納得する。説明が面倒なことも事実なのだろうが、それよりも男であることを内緒にしているのなら、バレる恐《おそ》れのあることはしないに越したことはない。

「で、そこの病院の先生にストーカーされちゃって」

レイラが眉《まゆ》をハの字にして、困っていることを表情で示す。

「医者がストーカー？　けど、男で通ってるんだろ？」

「だって、男でも可愛いから」

レイラは当然だとばかりに自信たっぷりに言い切った。

「化粧で化けてんじゃねえの？」

「ひどいっ。化粧はほとんどしてないもん」

レイラが心外だと唇を尖らせる。可愛い顔立ちで表情豊か、同年代の女性に人気があるのも理解できる。自然な感じがして、嫌みがないのだ。

「それで、ストーカーってことは、つけ回されたりしてるのか？」

「一番、困ってるのは待ち伏せ」

「他にもあるってことか」

レイラがそうだと頷く。

最初は診察後に病院の外で待ち伏せされ、付き合ってほしいと言われた。その場で断ったのだが、保険証から住所を盗み見たらしく、待ち伏せされるようになってしまった。ポストに手紙を投函《とうかん》されることもしょっちゅうだとレイラは言った。

「だから、今はこのホテルに泊まってるの」

それでこの場所を指定したのかと一馬は納得した。

「一人暮らしなのか？」

一馬はまずレイラの環境を尋ねた。一人なのか家族と一緒なのか、それによって対処《たいしょ》も変わってくるからだ。

「そ。同じマンションの別の部屋にお姉ちゃんが住んでるけど」

「ああ、お前のマネジメントをしてくれてるっていう?」

「お姉ちゃんだけなんだ。私が男だって知ってるの」

そう言ったレイラは、自分はアメリカで生まれ育ち、姉と二人で一年前に日本に来たのだと説明した。それは一馬がネットで見た情報と同じだった。

生まれてからずっとアメリカにいたから、日本に知り合いはおらず、これまで素性《すじょう》を知られることもなかったということらしい。

「最初は一緒に住んでたんだけど、お姉ちゃんに彼氏ができたから。その彼氏には私が男だって言っていないから、一緒に住んでると何かと面倒でしょ?」

「姉ちゃんも部屋に彼氏を呼べないもんな。気を遣ったわけだ」

「そういうこと」

レイラは頷いて答える。

「そうか。その彼氏が使えるかもと思ったんだが、男だと知らないなら無理だな」

ストーカー対策《たいさく》で彼氏がいることにすれば、相手次第では引き下がることもあるのだが、男だと教えてない姉の恋人に、恋人役を頼むことはできない。

一番有効である警察に相談するという方法も、男だと打ち明けることから始めなければならない。レイラは、男だと明らかにしたくないのだろう。そんなときに刑事の一馬と出会ったのだから、初対面でも頼りたくなるのも無理はない。

「そのストーカーを諦《あきら》めさせたいってことだな？」

相談内容を確認すると、レイラは頷きで答える。

「手っ取り早いのは、俺が出て行って警告《けいこく》することかな。相手は医者なんだろ？」

一馬の問いかけに、レイラがそうだとまた頷く。

「しかも個人情報を引き抜いてる。俺が刑事だと名乗って、ストーカー行為を注意すれば、引き下がるんじゃないか。事件化すれば、医者として信頼は地に落ちる。この先、医者を続けられなくなるだろう」

「うまくいくかな？」

レイラが不安そうな顔で一馬を見つめる。

「とりあえず、一度試してみよう。それで駄目なら、また別の方法を考えればいい」

「ホントにいいの？」

頼んでおきながら、あまりにも一馬が簡単に引き受けたことに、レイラは戸惑《とまど》いを感じているようだ。

「俺は刑事だからな。困ってる市民を助けるのは警察官の仕事だ」

「かっこいい」

「だろ？」

レイラの軽口に一馬が冗談《じょうだん》っぽく返す。

「でも、ありがと」

「任せとけ」

胸を張って請け負うと、レイラが小さく頷く。

それから、この後、どうするかを話し合った。医者も毎日、マンション前で待っているというわけではないらしい。今のところ、ただ見ているだけで、危害を加えてくる様子はないようだが、人通りの全くない時間帯は避けて、マンションに戻ってみることになった。そして、医者を発見したら一馬に連絡し、すぐに一馬が駆《か》けつけられないときは、次に持ち越しするということでまとまった。

レイラと別れ、ホテルを出るまで、一馬の携帯電話が鳴ることはなかった。事件の知らせがないのはいいことなのだが、どうしても物足りないと思ってしまう。

それならと、一馬は署には戻らず、科捜研に行くことにした。あそこには事件の情報が集まっている。一馬が担当する事件はなくても、東京中、至る所で事件は起きているのだ。一馬が手を出せる事件があるかもしれない。

一馬は科捜研へと急いだ。

科捜研に到着してすぐ、一馬は神宮の部屋へと向かう。廊下《ろうか》を歩いていても、すれ違う科捜研の所員たちは誰も一馬を引き留めたりしないし、一馬を見ても不思議《ふしぎ》そうな顔をしたりしないのは、一馬がここの常連だからだ。そして、神宮の親友だとも思われていた。

「なんか、いい事件ないか？」

一馬は挨拶《あいさつ》もせず、部屋にいた神宮に尋ねた。

「お前が『いい』と思う事件の基準を俺が知るわけないだろう」

神宮はパソコンの画面に顔を向けたまま、一馬には視線も寄越さず答える。

「いやいや、お前ならそれくらいわかるだろ」

「わかりたくないから、わかろうとしていない」

「なんだよ、その禅問答《ぜんもんどう》みたいな言い方は」

「どこが禅問答だ」

堪えきれなかったのか、神宮がくっと喉を鳴らして笑い、ようやくパソコンから目を離し、一馬に顔を向けた。

仕事中は険しい顔しかしていない神宮が、こんな柔らかい表情を見せるのは珍《めずら》しい。これだけで、事件が見つけられなくても来てよかったと思えた。

「今、暇なのか？」

「事務作業が嫌で逃げてる」

「逃げるな」

神宮が笑いながらツッコミを入れる。随分と機嫌《きげん》が良さそうだ。一馬も釣《つ》られて笑顔になる。

「得意な奴がやったほうが効率がいい」

「誰もお前の分までやってくれないだろう。戻ってもなくなってないはずだ」

「そうなると、ますます戻りたくなくなるんだよなぁ」

一馬が顔を顰めると、神宮は呆れたように溜息を吐く。

「で、今、お前はどこの事件を……」

そう尋ねかけたときだった。一馬の携帯電話に、メッセージが届いたことを知らせる着信音が響いた。

「ちょっと悪い」

一馬は断りを入れてから、メッセージの確認をした。桂木からだ。

『レイラの相談ってなんだった？』

簡潔《かんけつ》に用件だけを伝える内容に、一馬は苦笑する。

一馬の連絡先をレイラに教えたのが桂木なのだから、気にするのも当然だ。だが、レイラは桂木に男であることを教えていない。確認したわけではないが、日本で知っているのは姉だけだとレイラは言っていたから、間違いないだろう。それなら、そのまま答えるわけにはいかない。

一馬はレイラがストーカーに悩まされていて、その対策について相談を受けただけだとその場ですぐに返信した。事実なのだから、ストーカーもレイラも男であることはわざわざ伝えなくてもいいだろう。

「桂木、なんだって？」

神宮の問いかけに、一馬は驚きを隠せない。

「俺、桂木からだって言ったか？」

「いや。だが、事件なら電話だろうし、何より、お前を苦笑いさせる相手なんて、桂木くらいだろう」

神宮は完全に一馬の行動を読み切っている。それだけ密度《みつど》の濃い付き合いをしているということなのだが、今はありがたくなかった。

何しろ、レイラが絡んでいる。ちょっと可愛いと言っただけで、酷《ひど》い目に遭《あ》わされたのだ。ストーカー対策だとはいえ、個人的に連絡を取ったなどと神宮が知れば、何をされるかわからない。

桂木には後で口止めをしておくとして、今は神宮を言いくるめることを考えよう。一馬は必死で頭を働かせる。

「今度、いつ飲みに行くかって。前回の仕切り直しだな」

「ああ、だから、お前に連絡してきたのか」

納得したように頷く神宮に、一馬は顔には出さずにほっとする。三人の中で一番、休みの予定がわかりづらいのが一馬だから、先に一馬から尋ねるのが常だった。おかげで神宮も不審感《ふしんかん》を抱《いだ》かなかったようだ。

「俺の休みは事件次第だからな。今なら空いてるんだけど」

「それで、暇だから事件を探しに来たってわけか」

「そういうこと。できれば近場が希望かな」

話題が完全に変わったことに気を良くして、一馬の口も軽くなる。

「ま、なければ、遠くでも仕方ないけど」

「管轄外の事件にまで首を突っ込もうとするな」

二人の会話を遮《さえぎ》って、聞き慣れた声が響いた。

「本条《ほんじょう》さん、お疲れさまです」

呆れた顔でドアの側に立っていた本条に、敬語ではあるが、かなりフランクな態度で一馬は挨拶する。本条は捜査一課のエースとも呼ばれる刑事で、一馬が認める数少ない先輩の一人だ。だからこそ、敬意を払ってこの態度だった。

「じっとしてるのが嫌なら、自分のところの他の課を手伝ってやれよ」

「ええー」

一馬は露骨《ろこつ》に不満の声を上げる。

「お前みたいに元気な奴が来たら助かるところはいくらでもあるだろ。それに、品川署はそんなに暇じゃない。すぐに呼び出されるぞ」

そんなときに他の事件に関わっていても、そちらは中途半端《ちゅうとはんぱ》になるだけだと、本条が一馬を諭《さと》す。

「そんな正論言われると、帰るしかないか」

「言われなくても帰れ」

冷たいツッコミを入れたのは神宮だ。本条がいるからか、さっきまでの柔らかい雰囲気は消え去り、いつも以上に冷たい態度になっていた。

「わかったよ。帰るよ」

一馬は渋々《しぶしぶ》ながらも、二人の説得に従った。もっとも、もう午後二時過ぎで、夕方までに署に戻ることを考えれば、そんなに時間もない。今からよその所轄に行っている暇もなかったのだ。

「本条さんは？」

「俺は三浦《みうら》所長に用があって来たんだ。その途中でお前たちの声が聞こえてな」

だから、立ち寄っただけだと本条は答える。

「なら、どうぞ行ってください」

神宮はそっけなく本条を送り出す。さっきまで機嫌がよかったのは勘違《かんちが》いだったのかと思うほどに、神宮の態度は冷たい。何が原因で変わったのかはわからないが、こういうときは早々に立ち去るに限る。

「本条さん、行きましょう」

一馬は本条を促《うなが》し、二人で部屋を後にした。

所長室に向かうという本条とは途中までは一緒だ。並んで歩き出したが、すぐに別れることになる。

「あ、そうだ、本条さん」

別の方角へと歩き始めた本条を一馬は呼び止める。

「なんだ？」

本条はすぐに足を止めて一馬に向き直る。

「ストーカーの相談を受けてるんですけど」

「知り合いか？」

「知り合いの知り合いってとこですね」

桂木からの紹介なのだから、この説明でも間違ってはいないはずだ。

「手が足りないとき、助けてもらっていいですか？」

「そんなに厄介《やっかい》なのか？」

本条もまた一馬を信頼してくれているからこその疑問なのだろう。一馬一人で対処できないほどのストーカーなのかという問いに、一馬は軽く首を横に振る。

「まだどんな人間なのか知らないんすけど、俺がどうしても駆けつけられないときもありますから」

一馬も暇ではない。ストーカーは総合病院の勤務医だから、自由になる時間が推測《すいそく》できる。だから、レイラにもマンションに戻るときには、一馬が動けそうな時間帯を選んで行動するように言っておいた。それでも、事件が起きれば、一馬は動けない。そのために本条の手を借りたかった。

他の誰でもない、本条に頼ったのは、万《まん》が一《いち》、レイラが男だとバレても、絶対に誰にも話さないと確信できるからだ。それくらい一馬は本条を信頼していた。

「わかった。俺ができることなら手を貸そう」

本条は快《こころよ》く請け負ってくれた。やはり本条は頼りになる。

本条が歩き去る姿を見送ってから、一馬は科捜研を後にした。

品川署に帰るため、地下鉄の駅に向かいながら思い出す。そういえば、一馬はレイラの男のときの姿を見ていないことに気づいた。男の姿を知らなければ、呼び出されて駆けつけたときに気づけないのではないか。それに本名も聞いていないから、ストーカーの前で呼びかけることもできない。

一馬は足を止めると、携帯電話を取りだす。そして、レイラに男のときの姿の写真を送ることと、本名を教えてくれるようメッセージを送った。その姿を神宮が窓《まど》から見ていたことに、一馬は気づいていなかった。

3

　仕事が終わり、一馬は自宅には戻らず、そのまま神宮の部屋に向かった。午後八時と決して早いとは言えないが、一馬にしては久しぶりにゆっくりできる時間だ。せっかくなら神宮と一緒に過ごそうと約束もなく訪れた。

「手土産《てみやげ》だ」

　呆れた顔でドアを開けた神宮に、一馬は途中のコンビニで買ってきた缶ビールを袋《ふくろ》ごと突き出した。二人の好きな銘柄《めいがら》を六本だ。

「土産じゃなくて、補充じゃないのか」

　そう言いながらも、神宮はドアを大きく開き、一馬を中へと招き入れた。

　受け取ってもらえなかった袋は、そのまま一馬が冷蔵庫まで運んだ。そして、ビールの缶を冷蔵庫の中に並べていく。残り少なくなっていたから、まさに補充だった。一馬もよく飲むから、自分で飲む分くらいは入れておこうと、こうして持ってくることは多々あった。

「まだ暇なのか?」

　一馬が早く仕事を終えたことに、神宮がそう問いかける。

「この間から、事件は一つ解決してる」

「随分と早期解決だったんだな」

神宮が感心したように言うのも当然だろう。前回、暇だと科捜研に押しかけたのは四日前で、その間に事件が発生し、容疑者《ようぎしゃ》の身柄《みがら》を確保したのだ。

一馬はいつものように自分の定位置、ソファを背もたれにして床に座り、自分の部屋かのようにくつろぐ。

「飲むか?」

神宮が冷蔵庫から取り出した缶ビールを一馬に掲げてみせる。一馬が買ってきたばかりのものではなく、初めから入っていたものだろう。三本ほどはまだ残っていた。

「どうすっかな」

いつもなら即答《そくとう》するところが、今日は迷《まよ》った。一馬の頭によぎったのは、レイラの顔だ。相談を受けてから、四日が過ぎているが、未《いま》だ、ストーカーが現れたという連絡は受けていない。だが、それが今日になる可能性もあるのだ。缶ビール一本くらいなら、酔いはしないが、どことなく落ち着かない気持ちになる。

「やっぱ、やめとく」

「そうか。なら、こっちだな」

あっさりと引き下がった神宮は、自分用の缶ビールと一馬用にウーロン茶のペットボトルを持ってリビングに戻ってきた。

「お前は飲むのかよ」

「俺が飲まない理由はない」

そう言って、神宮は一馬の隣に腰を下ろし、缶ビールを飲み始める。

人が飲んでいると自分も欲しくなってくる。一馬はじっと神宮の口元を凝視《ぎょうし》する。自分が飲めないと思うと、ことさら美味《おい》しそうに飲んでいるように思えてきた。

「そんな顔で見るなら飲めばいいだろう」

「いや、うん、そうなんだけど」

一馬の決心がかなりグラつき始める。神宮がそれを後押しするように、手にしていた缶ビールを一馬の前に突き出してきた。

午後八時を過ぎているのだ。もう連絡もないだろう。一馬はそう判断し、自らの欲求に従うように缶ビールに手を伸ばした。

その瞬間だった。一馬の携帯電話が着信音を響かせた。

一馬はすぐさま携帯電話を手にして、通話ボタンを押す。

「はい、河東」

いつもの習慣で着信表示も見ずに応対する。

『レイラです。いました』

「どういう状況だ？」

問いかける一馬は、もう腰を上げていた。

『今、タクシーでマンションの前まで来たとこ。エントランスの前に立ってる』

レイラは早口になりながらも、ちゃんと状況を説明した。

「わかった。そのまま俺が行くまでタクシーに乗ってろ。すぐに行く」

一馬はそのまま玄関へと向かいかけ、一度、足を止めた。ここが神宮の部屋であることを忘れていたわけではないが、急がなければという思いが先走った。

「悪い。仕事だ」

そう言って、神宮の前から立ち去るのはよくあることだ。一馬にすれば、今日も同じことだと思っていた。

そのまま後ろを振り返らずに、部屋を飛び出した一馬は、その後ろ姿に神宮が疑いの目を向けているなどとは思いもしなかった。

教えられていたレイラのマンション近くにタクシーで乗り付けると、既《すで》に先着しているタクシーがいた。おそらくこれにレイラが乗っているのだろう。

一馬は先に支払いを済ませ、運転手に警察手帳を見せて、少し待ってくれるように伝えた。それから、携帯電話でレイラを呼び出す。

「着いたぞ」

『後ろのタクシー？』

レイラも気づいていたようだ。返答は早かった。

「そうだ。一緒に降りるぞ」

『ちょっと待って』

レイラがそう言って、支払いを済ませているのが携帯電話越しに聞こえてくる。

『もう大丈夫』

「よし、降りるぞ」

レイラの準備が整ったところで、レイラに合図をして、運転手にドアを開けるよう指示を出す。

ほぼ同時に二人はタクシーを降りた。

一馬に向かって近づいてくる人影《ひとかげ》。写真でしか見たことがなかった男の姿のレイラだ。普段はウィッグを着けているらしく、今はブラウンのショートカットだ。男にしては可愛い顔立ちだが、こうしてみると、全く女性には見えない。もちろん、レイラの面影《おもかげ》はあるが、レイラではなく、完全に本名の怜央《れお》だ。

「あいつか？」

一馬はマンションの前に立っているスーツ姿の男に視線を留めたまま、そばまでやってきたレイラに確認する。

「そう。あの人」

レイラは頷いて見せる。

「よし、行くか」

一馬はレイラを後ろに従え、男に向かって歩き出す。

近くで見ると、眼鏡《めがね》をかけていることがわかった。医者だけあって、頭はよさそうに見えるが、それ以外はこれといった特徴《とくちょう》のない、地味《じみ》な印象の男だ。

男は一馬に気づいても知らん顔をしていた。けれど、その後ろにいるのがレイラだとわかり、明らかに怯《ひる》んだ様子を見せた。

「宗像《むなかた》総合病院の菊池《きくち》先生ですね」

一馬は菊池を見据えて話しかける。

菊池の素性《すじょう》はわかっているのだと知らせることが大事だ。ストーカー行為を第三者に知られているのだと、まずははっきりと気づかせる必要がある。

「な、何か……」

「どうして、ここに？」

一馬は冷静に菊池を追い詰める。

このマンションに住んでいるわけでもなく、自宅の近所でもないところに、長時間立ち尽くしている不自然さを、菊池はどう言い逃《のが》れるのか。一馬はじっと菊池を見据える。

「怜央くんに会いたくて……」

長い沈黙《ちんもく》の後、菊池は正直に答えた。そう答えるしかなかったのだろう。この状況ではどんな嘘《うそ》を吐いても通じないことはわかったはずだ。

「本人がはっきりと迷惑だと伝えているはずです」

一馬の言葉に、横に並んだレイラも頷いて見せる。

「これがストーカー行為だと認識してますか？」

そう言ってから、一馬は警察手帳をかざしてみせた。

一馬はただ警察手帳を見せただけだ。逮捕《たいほ》するとは言っていない。だが、警察から警告を受けたと相手が勝手に勘違《かんちが》いするのは、一馬の知ったことではない。たとえ、その効果がわかっていてもだ。

「も、もうしません」

一馬の狙《ねら》いどおり、菊池は焦ったように言い切った。

警察沙汰《ざた》になれば、病院を辞めざるを得なくなるだろうし、ストーカーだったと噂《うわさ》がついて回れば、再就職も難しい。何しろ、個人情報を勝手に持ち出したのだ。一馬が考えていた、医者が恐れるだろうことを、やはり菊池は怖がった。

あっけなく、逃げるように走り去る菊池をレイラは啞然《あぜん》として見送っている。

「こんな早く解決しちゃうんだ」

レイラは驚きを隠せないように、ボソッと呟いた。

「これが警察の力だ」

一馬は冗談ぽく言ってから、

「っていうのもあるけど、それ以上に相手の素性がわかっていたことが大きいな」

本当の理由を付け加えた。

レイラから医者の名前と勤務先の病院名を聞いた後、菊池について調べていたのだ。一馬はレイラの知らない菊池の住所や出身大学まで知っている。警察ならそれくらい簡単に調べられる。だからこそ、菊池は警察に素性を知られているのが怖かったのだろう。

「それと、もしかしたら、あいつは本気でお前に嫌がられているとは思っていなかったのかもしれないな」

「ちゃんと迷惑だって言ったのに？」

レイラが不服そうに唇を尖らせる。

「自分のいいように誤解する人間は珍しくない。あいつは医者だから、自信があったんじゃないか」

「自信って？」

「絶対に自分を好きになってもらえるっていう自信かな。開業医ほどじゃないにしても、そこらのサラリーマンよりは稼《かせ》いでるし、ルックスもまあ、普通だったし？」

一馬の説明に、レイラは呆れたように深いため息を吐いた。

「そんなので好きになるわけないじゃん。結婚相手を探してるんじゃないんだし」

「どんな男が好みなんだ？」

「気になる？」

笑顔のレイラが揶揄《からか》うように言って、一馬を見上げた。だが、その姿は少年そのもので、一馬は顔を顰める。

「その格好でレイラの口調は違和感がありすぎる。格好を戻すか、口調を変えてくれ」

さっきこの場で初めて話しかけられたときから感じていたが、あざとい仕草をされると、それが余計に際立《きわだ》った。

「いつものほうが好み？」

「当然だろ。同じ話をするなら、可愛い女の子のほうがいいに決まってる」

一馬は率直な気持ちを伝えた。

神宮と付き合ってはいても、それは神宮だからであって、男が好きなわけではない。神宮以外は男の顔などどうでもよかった。

「可愛いんだ、私」

レイラが満足げな笑みを浮かべて言った。

「レイラのときはな」

「今も可愛いと思うけど」

「男が可愛くたって意味ねえよ」

一馬が吐き捨てるように言うと、レイラが声を上げて笑った。そうして、ひとしきり笑ってから、

「今日は本当にありがとう」

そう感謝の言葉を口にした。困っていた問題が解決して、レイラの顔にはすがすがしい笑みが浮かんでいる。

「これでやっとホテル暮らしをやめられる。たまにならいいけど、何日もってなると洗濯とか食事とか、いろいろ大変で……」

その生活を思い出したのか、レイラは情けない顔になる。

「ああ、そうか。まだホテルなのか」

「そ。様子見に来てただけで、まだホテルの部屋はチェックアウトしてないんだ。河東さんが来られなかったら、また戻るつもりだったし」

「なら、今から行くか？　ついでだ。付き合うぞ」

「いいの？」

レイラが意外そうに問い返す。

「今日はもう大丈夫だとは思うが、念のためにな」

さっきの態度からすれば、菊池がまた来ることはなさそうだが、万が一ということもあるし、一人にした途端《とたん》、危ない目に遭ったりしたら寝覚めが悪い。だから、一馬は最後まで付き合うことにした。

「じゃ、お願いします」

嬉しそうに笑うレイラとともに、またタクシーを捕まえてホテルに戻った。

危ないのはホテルに行くときではなく、自宅マンションに戻るときだ。だから、一馬はホテルに着いても、レイラが荷物を纏《まと》める間、ロビーで待っていた。

それから、女性の姿になってスーツケースを引きながら現れたレイラを連れ、またホテルの前からタクシーに乗って、一時間前にいたばかりのマンションに戻った。

レイラとの関わりはこれで終わりだ。またストーカー行為が繰り返されたときは、いつでも連絡するように言って、一馬は一人で帰った。

一馬と神宮が桂木に呼び出されたのは、レイラのストーカー退治をしてから三日後だった。

一馬はもう済んだことだとすっかり忘れていたのだが、よりにもよって、桂木は神宮の前で話を蒸《む》し返した。

「あ、そうだ。レイラ、なんだって?」

三人で飲み始めてすぐに、桂木が一馬に問いかけた。

桂木にレイラのことを口止めをするつもりだったのに、すっかり忘れていた。隣から痛いくらいの神宮の視線を感じる。

「レイラって、この間の女だな?」

一馬が口を開くより早く、神宮が桂木に確認を取るように尋ねた。

「そう。あの後、レイラの姉さんにも会って、俺の名刺を渡しておいたんだよ。携帯番号も書いてさ」

桂木は、あの日、二人と別れた後の話を始める。自分でも言っていたように、今後、レイラがテレビ番組に出演する気になったときのために、名刺を渡したらしい。だから、レイラも桂木に連絡できたということだ。

「そしたら、電話がかかってきて、河東の連絡先を教えてほしいって言われたんだ」

「聞いてないな」

神宮の冷たい視線が突き刺さる。

後ろめたいことは何もしていないのに、どうしてこんなに気まずく感じるのか。一馬は必死で頭を働かせ、どう言えば、神宮を納得させられるのか考える。

「有名人だから、話を広げちゃまずいと思ったんだよ」

「俺を信用できないって?」

神宮が怒気《どき》を孕《はら》んだ声で問いかける。

「違うって。そうじゃなくてさ。プライベートな問題だから、勝手に話すわけにはいかないんだって」

一馬が言葉を選びつつ、神宮に釈明《しゃくめい》していると、

「そんなデリケートな相談だったんだ」

桂木まで一緒になって追及してきた。

「まあ、そうだな」

「そんなデリケートな問題を、一度しか会ったことのない男に相談してきたのか？」

神宮の疑いの目はまだ消えない。

「そりゃ、俺が刑事だからだろ」

「うん。それは間違ってないよ。レイラもあのときの警察の人を紹介してほしいって言ったから」

桂木が援護《えんご》するように言ってくれたが、神宮はまだ納得しない。

「名前を知らなかっただけじゃないのか」

「なんで、そうなるんだよ」

一向に引き下がらない神宮に、一馬も反論の言葉をなくす。嫉妬《しっと》深いのはいつものことだが、今回は特別、しつこいような気がする。

「この間、俺の部屋から出て行ったときにかかってきた電話は、レイラからだったんじゃないのか?」

一馬を見つめる神宮の視線には、言い逃れや嘘は許さないという意志の強さが感じられた。

「ああ、そうだ」

ここで違うと嘘を吐くほうがややこしい事態になると、一馬は仕方なく認める。

「仕事だと言ってたな」

「仕事みたいなもんなんだよ。事件性があったんだ」

神宮の責める口調に、一馬もついムキになって反論する。

「なんだなんだ、痴話喧嘩《ちわげんか》か?」

桂木が楽しそうに笑顔を浮かべ、口を挟んでくる。

「そもそもの発端《ほったん》はお前だろう」

神宮の攻撃《こうげき》が桂木に向かう。

あの日、人だかりを確かめようと言ったのは桂木で、レイラだと気づいたのも桂木だけで、おまけにレイラを送って行って連絡を取る手段を残したのも桂木だ。神宮からすれば、桂木さえいなければ、レイラと一馬が出会うことがなかったと考えてもおかしくはない。

「テレビマンとしては、人気者には、売れる恩《おん》は売っておかないとな」

「俺たちを犠牲《ぎせい》にしてか」

「犠牲だなんて大げさな。困っている市民を助けるのは、警察の仕事じゃないの？　俺はそれを橋渡ししただけ」

　桂木は全く悪びれた様子はない。一馬も桂木を責めるつもりはない。桂木の言うように、困っているからといって、誰かれ構わず助けることはできないが、今回に限っては、事件を未然に防げたのだから、結果としてはよかった。

「あのときは嘘を吐いたようになったけど、そういうわけだし、もう会うこともないだろうから、そんなに怒るなよ」

「そうなのか？」

　尋ねたのは桂木だ。桂木にしてみれば、一馬とレイラの交流が続いていたほうが、今後のためにいいと考えているのかもしれない。

「ああ。問題は片付いたんだ」

　レイラには何かあったら連絡してこいとは言ったものの、そうそう警察の手を借りたくなるほどの面倒に巻き込まれないはずだ。

　だから機嫌を直せと、軽く神宮の肩に手を置く。神宮はその手を払いのけることをしなかった。

4

日勤のとき、一馬は午前七時半に家を出る。ここから品川署までは徒歩でも三十分あれば充分だからだ。

現在、午前七時二十分。後はネクタイを締めればいいだけだ。一馬が最後の仕上げにネクタイを首に掛けたとき、インターホンが鳴り響いた。

こんな朝っぱらから訪ねてくる人間に心当たりもなければ、そんな用件も思いつかない。一馬は訝《いぶか》しげに眉根を寄せたものの、玄関に向かった。

「先輩、どういうことですか」

ドアを開けた瞬間、珍しく険しい顔をした吉見《よしみ》に詰め寄られる。

吉見はかつて一馬と同じ所轄にいたことがあり、一馬が指導を担当していた縁《えん》で、今では捜査一課の刑事なのに、未だに一馬を先輩と呼び続けている。

「こんな朝っぱらからなんだよ」

「これです。いつの間に、こんなことになってたんですか」

手に持っていた雑誌を押しつけ、その勢いで一馬を押しながら、吉見が部屋に入ってきた。

外で騒ぐわけにはいかないから、吉見を室内に入れてドアを閉めた。それから、突きつけられた雑誌に目を落とす。

週刊
スト
MAI
カリスマモデル
レイラ
熱
お相

『カリスマモデルのレイラ、熱愛発覚。お相手は現職刑事』

そんな文字が目に飛び込んでくる。

最初はそんなこともあるのかと他人事《ひとごと》だった。だが、吉見の怒りようと、『現職刑事』という文字から、一馬はまさかとページをめくった。

目当てのページに掲載されていたのは、一週間前のあの夜の写真だ。ホテルを引き払い、マンションに戻るというレイラに付き添ったときだ。

写真はちょうど二人でホテルを出るところを押さえていた。何を話していたのかは忘れたが、レイラが一馬を見上げ、笑っている。おまけに、真っ赤なスーツケースを一馬が持っていることから、仲の良いカップルにしか見えない。さすがに一般人である一馬の顔はモザイクがかけられているものの、知り合いが見れば、一馬とわかるだろう。

「いつから、付き合ってるんですか？」

「付き合ってねえよ」

一馬は誤解だとはっきりと否定する。うんざりした口調になったのは、これから起きるであろう騒動を想像してだ。

「ホントに付き合ってないんですね？」

「ねえよ。お前は知ってるだろ、神宮のこと」

吉見は一馬と神宮の関係を知っている数少ない人間のうちの一人だ。それなのに、どうしてそんな誤解をするのかと一馬は不思議に思う。

「だから、驚いたんです。神宮さんなら仕方ないけど、知り合ったばかりの女に先輩を盗《と》られたのかって」

「いや、お前のものじゃないし」

苦笑いで否定してから、ふと吉見の口ぶりに引っかかった。

「って、なんで知り合ったばかりってことまで知ってんだ？」

「ここに書いてありますよ」

ほら、と吉見が雑誌の一部を指さした。

二人の出会いは街でファンに囲まれて動けなくなっていたレイラを助けたのがきっかけだと書いてあった。その証言《しょうげん》は現場にいたファンのものだ。ＳＮＳにそのときの写真を上げたのは一人や二人ではなく、中には一馬たちが映り込んでいる写真もあったらしい。そこで、刑事が映画のようにレイラを颯爽《さっそう》と連れ去ったと書いてあったのだという。

「誰も彼も写真撮りまくって、何が楽しいんだか」

一馬は先日のことを思い出し、顔を顰める。レイラを取り囲んでいた集団は、皆、携帯電話を向けていた。写真を撮るのに必死だった。

「でも、ホテルに行ったのは本当なんですよね？」

レイラと恋人関係にあることは間違いだとわかったようだが、それでもまだこの写真の謎《なぞ》があると、吉見が尋ねてくる。

「俺はずっとロビーにいたっての。ホテルの人間に聞けばわかる。ホテルを引き払うのを待って、マンションまで送っただけだ」

一馬は投げやりに説明する。きっとこの説明を、あと何度かしなければならないだろう。それを想像するだけで、うんざりしてきた。

「それで、お前はこんな朝早くから、そんなことを言いに来たのか？」

「違いますよ。俺は叔父《おじ》さんに頼まれて迎《むか》えに来たんです」

「なんで、副総監《ふくそうかん》がそんなこと頼むんだよ」

思いもしない名前が出てきて、一馬は驚きを隠せない。吉見の叔父は警視庁副総監《けいしちょうふくそうかん》で、これまでに何度か厄介なことを頼んだり頼まれたりしてきたが、こんなプライベートなことにまで関わってくるとは思わなかった。

「朝から品川署に問い合わせの電話が何本も入るし、署の周りにマスコミが待ち構えてるしで、今回の件、本庁の対応になりました」

「マジで？」

「はい。なので、今日はもう品川署には行かなくていいそうです。俺と本庁《ほんちょう》に出勤です」

「だから、お前が迎えに来たってことか」

一馬は納得して頷いた。本庁が絡めば、使いやすい吉見が動くのは容易《ようい》に理解できる。それに吉見なら一馬と知り合いで、自宅の住所も知っている。

「先輩の迎えは、俺しかいないでしょ」

「言ってくれれば、本庁に行ったたっての」

「まだ自宅までは知られてないみたいですけど、念のためですよ。そのために車で来たんですから」

今でも充分に朝早いが、吉見は一度、本庁に行き、覆面《ふくめん》パトカーに乗って、ここまで来たのだという。逆算すると副総監は相当早くこの週刊誌の情報を摑んでいたことになる。余計な面倒をかけてしまったと一馬は申し訳なく思う。

「わかったよ。とりあえず、本庁に行けばいいんだな」

一馬は吉見の背中を押し、部屋の外に出ると玄関ドアの鍵《かぎ》をかけた。


警視庁に着くと、まっすぐ副総監室まで連れていかれた。

まだ午前八時になったばかりだというのに、室内には副総監と、一度だけ会ったことのある品川署署長と、何故か、品川署刑事課課長の根元《ねもと》までいた。

「大変なことになりましたね」

誰に対しても丁寧《ていねい》な態度の副総監は、こんなときでも変わらない。怒ったところなど想像できないが、吉見なら見たことがあるのだろうか。

「すみません。なんか、お騒がせして」

謝罪《しゃざい》の言葉が曖昧《あいまい》なのは、自分が悪いとは思っていないせいだ。それが副総監にも伝わったようだ。

「プライベートなことですから、河東くんが誰と交際していようが責めることではないのですが、業務に支障《ししょう》を来《きた》しては対処しないわけにはいきません」

そうですねと、副総監は隣に座る署長を見た。署長はそのとおりですというふうに頷いているが、その隣の根元は首がもげるほどに何度も首を振っていた。

根元が副総監を崇拝《すうはい》していることは、本条から聞いてはいたが、ここまでとは思わなかった。こうして見ると、まるで弟子《でし》のようだ。

そう考えると、わざわざ署長だけでなく根元まで呼び出して、副総監室で話をすることになったのは、根元対策だったように思える。副総監がいれば、直接の上司である根元が一馬を頭ごなしに怒鳴《どな》ることはないだろう。

「誤解なんですけど、それを証明ってどうしたらいいんでしょうね」

一馬は釈明しつつ眉根を寄せる。

勝手に書かれた記事に対して、それが事実に反すると証明するには、どうしたらいいのか。裁判《さいばん》など簡単にはできないし、一般人である一馬には世間に公表する手段がない。

「誤解なんですね？」

副総監に確認され、一馬はしっかりと頷いた。

「彼女がストーカー被害に遭ってて、その対処を頼まれたんです。知り合ったときも、俺一人じゃなかったんで。神宮ともう一人の友人もその場にいましたよ」

この場ではレイラが男であることを明かす必要はないだろう。レイラと一馬の関係さえ、事実と反すると証明できればいいのだ。

「ただ、ちょっと事情があって、そのストーカーのことは公にはできないんですよ」

「つまり、その点を伏せて、警察官として相談に乗っていたことだけを公表するしかないというわけですね」

「公表するんですか？」

こんな一刑事のプライベートのことで、警察の上層部《じょうそうぶ》が動くとは思わなかった。一馬は驚いて副総監に尋ねた。

「記者会見をするわけではありませんよ」

そう言って副総監がにっこりと笑う。

今、品川署の周りには記者たちが張り込んでいる。その前に出て行って、問われたら答えればいいということらしい。しかも、その役目は本人の一馬ではなく、署長だという。

「署長が答えるということは、警察の公式見解です」

だから、これ以上、一馬を追いかけるようなことがあれば、警察として、マスコミ各社に正式に抗議《こうぎ》すると副総監は言ってくれた。

「それでもまだしばらくは落ち着かないでしょうから、自宅で待機していてください」

「自宅謹慎《きんしん》ってことですか？」

「待機です」

副総監は一馬の言葉を訂正《ていせい》する。

副総監の表情は穏やかなままで変わらないし、叱《しか》られているわけでもないのだが、だからこそ、一馬は反省した。副総監の手を煩《わずら》わせることになった、自分の行動の迂闊《うかつ》さを。レイラは有名人だし、若い女性だ。疑いをもたれる可能性を考え、一馬一人で対処すべきではなかったのだ。

一馬が品川署の刑事だとバレている以上、マスコミだけでなく、物見高い一般人まで一馬を見ようと訪れることは予想できる。マスコミは制限できても、一般人にそれは通用しないだろう。

「わかりました。家でおとなしくしてます」

一馬が一番苦手なことだが、今回ばかりは抜け出そうとも思わない。どれくらいの待機になるかわからないが、そこはもう副総監に任せるしかない。

「下にタクシーを用意してありますから、それを使ってください。品川署にいないとわかれば、マスコミがこちらに来るかもしれませんから」

副総監の気遣いに感謝して、深く頭を下げてから、部屋を後にした。

廊下では吉見が待っていた。

「タクシーのところまで案内します」

「お前、仕事はいいのかよ」

「先輩のほうが大事ですから」

いつもと変わらない吉見の態度に、今日は何故か救われたような気になった。どうやら自分で思っている以上に、自宅待機という名の謹慎が堪《こた》えているらしい。

地下駐車場に停まっているタクシーのそばに行くまで、吉見はしゃべり続けていた。本当か嘘かわからない、吉見が捜査で活躍したという話も、落ち込みそうになる気分を盛り上げてくれるBGMにはちょうどよかった。

「それじゃ、先輩。次の出勤日は、また俺が迎えに行きますから」

タクシーに乗り込んだ一馬を、吉見がそう言って送り出す。待機が明ける日は遠くないだろうと、吉見の態度がそう思わせてくれた。

ドアが閉まり、タクシーが動き出す。

一馬はまだ行き先を告げていない。配車のときにあらかじめ伝えてあったのだろうか。それでも確認はしておきたいと、

「行き先、聞いてるんですか?」

一馬は運転手に尋ねた。斜め後ろからではその顔は見えないが、白髪が交じっているから、年配の男性だということだけはわかった。

「はい、伺《うかが》ってます」

そう答えた運転手が続けて告げた住所は、一馬のマンションではなく、神宮のマンションだった。

「なんで、そっち……」

いくら自分の部屋並《な》みに入《い》り浸《びた》っているとはいえ、何故、そこを指定されたのか。もしかしたら、一馬のマンションまでマスコミに知られたときの対策なのかと、一馬は考えを巡《めぐ》らす。けれど、それは間違った考えだとすぐにわかった。

「神宮さんだけじゃなくて、俺も怒ってるんだからね」

運転席から聞こえてきたのは、さっきとはまるで違う声音《こわね》と口調だ。それが誰のものであるか、一馬はすぐに思い当たった。

「お前、ジローか?」

一馬の問いかけに、見知らぬ男がバックミラーの中で笑っている。全くの別人になっているが、ジローで間違いないようだ。

「ひどいよね。俺がちょっと日本を離れてる間にさ」

「週刊誌のことなら、あれは間違いだ。付き合ってなんてない」

　ジローのことだから、日本にいなくても、情報は集めているのだろうから、そこに驚きはない。ただ、こんな真似《まね》をする原因になったのなら、否定はしておきたかった。

「それはわかってるんだけどね」

　声と合わない顔で喋《しゃべ》られることに違和感を覚えつつも、一馬は話の続きを待つ。ジローがこんなことをする理由が知りたかった。

「隠し事されると辛《つら》いじゃん。だから、今回は神宮さんの味方してるんだよ」

　一馬は咄嗟《とっさ》に言葉を返せなかった。何故、そんなことまでジローが知っているのか。神宮に隠し事をしている自覚はあったが、あれは神宮が知る必要のないことなのだ。

「神宮さん、相当、怒ってるから覚悟しておいたほうがいいよ」

　もっとジローから話を聞き出したいのに、頭が回らない。急激に訪れた眠気が、一馬から思考力を奪っていく。

「そろそろ効《き》いてきたかな」

「お前……」

　車内に催眠《さいみん》ガスが充満していたのだろうと、気づいたときにはもう遅かった。

「ゆっくりと眠ってね。ちゃんと神宮さんのところに送り届けるから」

　その声を聞きながら、一馬は完全な眠りに落ちた。

どれくらい時間が経《た》ったのか、一馬が目を覚ましたのはベッドの上だった。

天井の色と照明器具で、ここが神宮の部屋だとわかる。ジローは言ったとおりに、神宮の元に一馬を送り届けたようだ。

目が覚めてすぐ、体の自由がきかないことがわかった。縛《しば》られているせいだというのも感覚でわかる。ただ想像したくないのは、その縛られ方だ。

全裸《ぜんら》にさせられていることは、見なくてもシーツに当たる肌の感触でわかっていたが、おそるおそる動かせる首を曲げて、自らの姿を確認する。

あまりの姿に、一馬は思わず息を呑んだ。

両足は膝を立てた状態で太腿とふくらはぎがくっつくように縛り付けられ、両手は頭上で一つに纏《まと》められている。その手を纏めた紐《ひも》は、どこかに縛り付けてあるらしく、両手を動かすこともできない。縛っているのはロープではなく、柔らかい布の紐だ。おかげであまり痛みはなかった。

「やっと起きたか」

すぐ近くからかけられた声に顔を向けると、神宮はベッドの横に椅子《いす》を置いて、そこに座り、じっと冷たい目で一馬を見下ろしている。

「事情も聞かずにこれか？」

一馬はまっすぐに神宮を見つめて問いかける。副総監の手を煩わせるようなことをしてしまったのは反省しているが、神宮を裏切ることはしていない。刑事だからこそ、手を貸しただけなのだ。

「お前が俺に隠し事をしていたのは事実だろう？」

「特殊《とくしゅ》な事情があったんだよ。誰にでも一つくらい、人に言えないことがあるだろ」

今回、こんなに面倒なことになったのは、レイラが男だと言えないからだ。けれど、それを公表していいのは、レイラ本人だけだ。

「俺を信用してないのか？」

「そういう問題じゃねえよ」

話の通じなさに、一馬は深い息を吐く。

「これを外せよ。話もできないだろ」

「このままで充分だ。自由にしたら抵抗するだろう」

一馬の要望を、神宮は容赦《ようしゃ》なく切り捨てた。

やはり無駄だった。手間をかけてこんな格好にまでしたのだ。神宮がこれからすることをわかっているから、逃げたかった。

「だいたい、なんでジローなんかの手を借りたんだよ」

一馬はこうなる原因でもあるジローへの恨《うら》みを口にする。最初から神宮が迎えに来ていれば、こんな格好にはなっていなかった。まさか、ジローがタクシー運転手に化けているとも、そもそも神宮と手を組んでいるとも想像できなかった。

「あいつも怒っていたからな。今回だけは手を組んだ」

「なんで、あいつが怒るんだよ。関係ねえだろ」

一馬はムッとして吐き捨てる。それに対して、神宮が鼻でふっと笑った。

「案外、俺はあいつに認められていたようだ」

「どういうことだ?」

唐突《とうとつ》に何を言い出したのかと、一馬は意味がわからず眉間《みけん》に皺《しわ》を寄せる。話の流れがまるで読めない。

「ジローのことだ。あいつは俺に執着《しゅうちゃく》されているお前に興味あるんだと。だから、俺以外の人間がお前に手を出すのは許せないと言っていた」

「なんだよ、それ」

一馬は腹立たしさを隠せない。ジローの言い分も、それを受け入れた神宮にも腹が立った。それでも、殴《なぐ》り飛ばすどころか腕一本動かせないのが、余計に腹立たしい。

「何故、ホテルに行く必要があった?」

神宮がようやくというふうに、一番聞きたかったであろうことを尋ねてくる。

「俺は部屋には入ってない」

　そう言って、吉見にもした同じ説明を繰り返す。

「それはお前がしなければいけないことか？　他の奴に任せればよかっただろう」

「できない事情があったんだよ」

「だから、それはどんな事情なんだ？」

　神宮が嘘は許さないとばかりの強い視線を一馬に投げつける。

　レイラが男だと言えれば、話は簡単なのだが、本人の許可なくそんなことは話せない。だが、男であることを伏せて説明するとなると、どうしても、辻褄《つじつま》が合わなくなってくる。神宮を納得させられるだけの作り話など、すぐにできるはずもなかった。

「そんなに言いたくないのか」

　何も言い出せない一馬を、神宮はそんなふうに判断した。

　諦《あきら》めたようにふっと息を吐いた神宮は、足下から何かを拾い上げ、それを手にしてベッドに近づいてきた。

「言いたくなるようにしてやろう」

　神宮が見せつけるように突きつけてきたそれは、男のものを模《も》したバイブだった。あえて本物らしい色合いにしているのが目に毒《どく》だ。

「なんで、そんなもん持ってんだよ」

「いつか、お前に使うつもりでな」

そう言って神宮がニヤリと笑う。

神宮はわざわざ一馬の見える場所で、バイブにローションを纏わせていく。一馬は動けないのだから、いくらでも見えない場所はある。こうして見せつけるのも一馬を追い詰める行為の一つなのだろう。現に一馬はその使い道を想像して、顔を強ばらせる。

神宮が一馬の足下に回り、そこからベッドに上がった。広げられた足の間から、バイブを手にした神宮が見える。

神宮はバイブを一馬に見せながら、

「いきなりコレを入れたりしないから、安心しろ」

全く安心できないことを笑顔で言った。『コレ』以外のものは、いきなりでも入れると言っているようなものだ。

見たくはないが、見ないでいるのはもっと怖い。一馬は神宮の手をじっと見つめる。

神宮の手が一馬の体の影《かげ》に隠れて見えなくなった。そのすぐ後だった。

「あっ……うぅ……」

小さくて硬い塊《かたまり》が後孔に押し込まれ、一馬は低く呻《うめ》いた。

何も解《ほぐ》されていない状態では、いくら小さくとも違和感や圧迫感は拭えない。一馬が顔を顰めて耐《た》えているというのに、神宮はさらに奥へとそれを押し込んだ。おまけに奥に収まったそ

お手数ですが
切手をおはり
下さい。

郵便はがき

1 0 2 - 0 0 7 5

東京都千代田区三番町8−1
三番町東急ビル6F
㈱竹書房　ラヴァーズ文庫

「ギルティフィール」

愛読者係行

アンケートの〆切日は2021年10月31日当日消印有効、発表は発送をもってかえさせていただきます。

A	芳名《フリガナ》	B 年齢　　歳	C 男・女	
D	血液型	E	ご住所 〒	

F ラヴァーズ文庫ではメルマガ会員を募集しております。○をつけご記入下さい。
・下記よりご自分で登録　　・登録しない（理由　　　　　　　　）
・アドレスを記入→

G メールマガジンのご登録はこちらから
LB@takeshobo.co.jp
（※こちらのアドレスに空《から》メールをお送り下さい）
←携帯はこちらから

購入方法
・書店
・通販
・その他
（　　　　　）

※いただいた御感想は今後、「ラヴァーズ文庫」の企画の参考にさせていただきます。
なお、御本人の了承を得ずに個人情報を第三者に提供することはございません。

「ギルティフィール」

ラヴァーズ文庫をご購読いただきありがとうございます。2021年新刊のサイン本(書下ろしカード封入)を抽選でプレゼント致します。(作家：ふゆの仁子・西野 花・いおかいつき・バーバラ片桐・奈良千春・國沢 智)帯についている応募券2枚(4月、7月発売のラヴァーズ文庫の中から2冊分)を貼って、アンケートにお答えの上、ご応募下さい。

H
●ご希望のタイトル
・龍の恋炎　ふゆの仁子　・舐め男～年上の生徒にナメられています～　西野 花
・オメガの乳雫　バーバラ片桐　・ギルティフィール　いおかいつき

I
●好きな小説家・イラストレーターは？

J
●ご購入になりました本書の感想をお書きください。
タイトル：
感想：

タイトル：
感想：

応募券を貼って下さい

応募券を貼って下さい

K
●プレゼント当選時の宛名カードになりますので必ずお書きください。

住所 〒

氏名　　　　　　　　様

れは、振動を始める。

快感など得たくはない。けれど、神宮を受け入れさせられている体は、奥で震える塊にさえ、快感を拾ってしまう。

「は……あぁ……」

堪えきれない息が漏れる。感じているなどと神宮には知られたくないのに、漏れる息は明らかに熱を伝えていた。

「早くコレに慣れろ。次が待ってるんだ」

神宮がバイブを一馬の膝に当てながら言った。

「入れ……なきゃ、いいだけ……」

今できる僅《わず》かな抵抗として、言葉で言い返す。それしかできないのがもどかしい。

「これは尋問だ。お前の願いは聞き入れない」

神宮はそう言って、中の物体を引き抜いた。

「ああっ……」

勢いよく肉壁を擦りながら物体が出て行く感覚に、一馬は声を上げた。それでも中に異物がなくなったことで、快感は引いていった。

安堵の息を漏らす一馬に、神宮は身を乗り出して問いかける。

「本当はレイラと何があった?」

わからない。

「何もない」

一馬は即答する。何度尋ねられても、他には答えようがない。きっと神宮も一馬がこう答えることはわかっているはずだ。それなのに、どうして何度も尋ねるのか。その意図が一馬にはわからない。

「お前はそういう男だな」

神宮が納得したかのような顔で頷くから、もう解放されるのかと、ほんの一瞬、期待してしまった。だが、それはすぐに裏切られる。

「ああっ……」

いきなり太いものを後孔に押し込まれ、その衝撃《しょうげき》に一馬は背を仰《の》け反《ぞ》らせる。さっき見せつけてきたバイブだろう。いくら先に別のものを入れられて馴らされていたとしても、比較にならないほど大きい。中の圧迫感も桁違《けたちが》いに大きかった。

ねじ込むように押し込まれたバイブは、恐ろしいことにただ震えるだけでなく、折り曲がるようにも動いた。それが中を押し広げるように蠢《うごめ》いている。

「う……はぁ……っ……」

一馬は荒《あら》い呼吸を繰り返し、この刺激になんとか耐えようとした。

快感が圧迫感を上回る。衝撃で萎《な》えていた中心は、中の動きに合わせて硬く勃ちあがっていった。

「はっ……あぁ……」

伏し目になっていたせいで、神宮の行動が見えていなかった。屹立に不意に何かが当てられたのだ。一馬の上げた声は快感を訴える響きを隠せなかった。

一馬が自らの中心に視線を向けると、ピンク色のローターが押し当てられている。それが最初に一馬の中を犯したものだとわかった。

「こっちも触れてほしかったんだろう？」

神宮の問いかけに、一馬は首を横に振る。確かに刺激は欲しかった。けれど、こんなおもちゃで弄《もてあそ》ばれるのは違う。

「ああっ……」

一馬の態度が気に入らなかったのか、神宮が先端にローターを強く押し当てた。一馬の口から堪えきれない声が漏れ出る。

中では依然として太いバイブが蠢いていて、屹立にはローターを擦りつけられ、逃れられない快感が全身を駆け巡る。一馬の腰は自然と揺らめき、感じすぎて瞳には涙が滲《にじ》む。

「も……もうっ……駄目……だっ……」

限界がもう目前まで来ている。一馬は早く楽になりたくて、神宮に訴えた。

「いいぞ。好きなだけイけばいい。まだ始まったばかりだ」

神宮の不穏《ふおん》な言葉も、今の一馬の耳には入らない。神宮が仕上げとばかりに、ローターを鈴口に強く押しつけた。

「はっ……ああ……」

声とともに熱い迸《ほとばし》りが解き放たれる。

けれど、一馬に訪れたのは一瞬の解放感だけだった。体の中にはまだバイブが埋《う》め込まれたままで、快感は途切れることなく続いている。

性急に射精を促されたことで、一馬は肩で大きく息をして、呼吸を整える。それを尻目《しりめ》に、神宮が一馬の放ったものを指で掬《すく》い取った。

「濃いな」

指に付着させた液体を目の前に掲《かか》げ、神宮が呟く。

「浮気はしてなかったようだな」

「してないし、しようとも思ってねえよ」

答えた声は情けないことに掠《かす》れていた。それでも、気持ちだけは屈《くっ》しないと神宮を睨み付ける。

「それなら、どうして俺に言わなかった？」

「言ったら、どうせまた余計な勘《かん》ぐりするっ……あぁ……」

中のバイブが角度を変えたせいで、一馬は最後まで言うことができなかった。

レイラに初めて会ったとき、可愛かったと言っただけで、だまし討《う》ちのような形でセックスを仕掛けてきたのだ。そんなことがあった後で、二人きりで会ったなどと言えるわけがない。神宮の嫉妬深さは嫌というほどわかっている。

「コレ、抜いてほしいか？」

そう言いながら、『コレ』を主張するように、神宮がバイブを摑んで浅い抜き差しを繰り返す。

「抜い……て……くれ」

頼むのが癪《しゃく》でも今は楽になりたい気持ちが勝った。一馬は言葉を途切れさせながらも神宮に訴える。

「抜いてもいいが、違うものが入るだけだぞ」

神宮がニヤリと笑って腰を上げた。そして、ベッドの上に膝立ちになると、

「そろそろ俺も限界だ」

スウェットをずらして、股間を露わにした。

ずっと一馬をいたぶっていただけだが、神宮はそれだけで充分だったようだ。中心は完全に勃ち上がっている。

「うっ……」

ずるりとバイブが中から抜き出される感覚に震えが走る。だが、体内から異物が排出《はいしゅつ》されたことで、呼吸が楽になった。一馬は何度も大きく呼吸をした。

脱力《だつりょく》している一馬の体に、神宮が手を伸ばす。何をされるのかと身を竦ませたが、神宮の腕は縛られた足に向かった。

一馬が見つめる中、神宮は片方の足の拘束《こうそく》を解いた。いつから縛られていたかわからないが、自由になっても足は痺《しび》れて力は入らない。だから、神宮にされるがまま、自由になった足を持ち上げられた。

神宮は一馬の足を肩に担《かつ》ぎ、腰を浮き上がらせる。そして、露わになった奥へと視線を注いだ。

神宮の視線をあり得ない場所で感じて、一馬は羞恥《しゅうち》で全身を赤くさせる。今までに神宮に見られていない場所など、体中どこにもないが、それでもそこだけは恥ずかしいと思う気持ちが止められない。

「少し赤くなってるか」

「見るな……」

視線は感じていても、はっきりと見ているのだと口にされると、恥ずかしさが増幅《ぞうふく》する。拒絶《ぜつ》する一馬の声に力はなかった。

「心配してるんだ。傷はつけたくないからな」

「なら、やめろ」

「安心しろ。加減はわかってる」

神宮は不敵《ふてき》に笑う。

「お前のここは、これくらいじゃ傷つかない」

誰よりも自分が一番よく知っているのだと、神宮は一馬の後孔にそっと指先を添えた。

「ふ……う……」

後孔の縁《ふち》を柔らかく撫《な》でられただけで息が漏れる。さっきまでバイブを受け入れさせられていたそこは、完全な性感帯へと変わってしまっていた。

神宮はさわさわと指先で撫でるだけで、それ以上、刺激してこない。快感を得られるほどの動きではないし、もどかしさしか感じないのに、腰が揺れる。神宮はきっとそれをわかっていて、一馬を焦らしているに違いない。一馬から求めさせたいのだ。

一馬は唇を固く引き結ぶ。淫らな言葉など口にしないよう、神宮の望みどおりにはさせないためだ。

「ああ、これもあったな」

神宮がふと何かに気づいたような声を上げた。

今度は何をするのかと、一馬は神宮から目が離せない。

神宮はベッドに置いていたローターを拾い上げた。

後孔に添えていた手は離れたが、それは一馬に新たな快感を与えるためだった。もう片方の手には、医療用のテープが握られている。

神宮は身を乗り出し、一馬の胸にローターを押し当てた。そして、すぐさまテープでそれを胸に貼り付ける。

ベッドにテープが常備されているはずないのだから、最初からこうするつもりだったのだ。思い出したような素振《そぶ》りは、神宮の芝居《しばい》だ。

「よく似合ってる」

神宮が満足げに笑う。

こんなおかしな格好で縛られているだけでも屈辱《くつじょく》なのに、揶揄《やゆ》する言葉まで投げかけられ、一馬の体温がどんどん上昇する。滑稽《こっけい》で淫らな姿を神宮に視姦《しかん》されているのが、堪らなく恥ずかしい。

「ちゃんとスイッチもいれてやろう」

胸元に伸びた神宮の手がローターに触れた瞬間、一馬の体が跳ねた。

「あっ、くぅ……」

こんな小さな機械なのに、そこから伝わる振動が一馬を翻弄《ほんろう》する。小さな尖りは刺激によって硬く勃ち上がり、余計にローターの振動を敏感に感じ取ってしまう。

腰は自然と揺らめき、口からは荒い息が溢れ出る。胸への刺激だけでこんなに反応を見せたくはないのだが、一馬の気持ちは体には伝わらない。

「ここだけでそんなに悦ばれると、それはそれで腹立たしいな」

勝手なことを呟く神宮を睨み付けるが、涙目になっていては迫力など欠片《かけら》もない。

「お前から欲しいと言わせたかったが」

神宮が腰を突き出し、一馬に屹立を見せつける。言葉の続きを語るように、硬く勃ち上がっているのが一目瞭然《いちもくりょうぜん》だ。

一馬は神宮の股間から目が離せない。その視線を受け、神宮はそれを近付けてくる。

「……っ……」

後孔に押し当てられた感覚に、一馬は息を呑む。そこは見えていなくても、何が当たったのか嫌でもわかる。

「うっ……」

ゆっくりと中に押し入ってくるものの大きさに、一馬は呻く。

馴らされていたおかげで痛みはない。それでも、圧迫感は拭えない。顔を顰める一馬に構わず、神宮はぐっと腰を押しつけてきた。

より深く神宮の熱い昂ぶりに犯され、前立腺を擦り上げられる。激しい快感が一馬に襲いかかった。

「あっ……あぁ……」

神宮の股間が、ぴったりと隙間のないほど一馬の双丘に密着する。それだけ奥まで押し込まれたということだ。

神宮は繋がったまま、さらに腰を押しつける。体を支える術《すべ》のない一馬の体は、ベッドをずり上がり、やがてヘッドボードに行き当たった。

「くぅ……あぁ……」

逃げ場がなくなった。神宮が突き上げるだけ、奥まで呑み込まされる。ゆっくりとしているが深い突き上げに、一馬は口を閉じることができないくらいに声を上げた。口の端《けし》から唾液《だえき》まで零《こぼ》れ出る。

一馬の反応を見て、遠慮《えんりょ》はいらないと判断した神宮が、すぐさま激しく腰を使い始める。

「はっ……ああ……ぁ……」

ひっきりなしに上がる声は、神宮が腰を打つ音と混じり合い、室内に響き渡る。一馬はまた快感の波に呑み込まれた。

既に一度、達している昂ぶりは、再び力を持って、勃ち上がっている。さっきと違い、今は全く触れられていない。胸と後ろの刺激だけで、限界まで硬くなっていた。

一馬の両手は最初からずっと縛られたままで、自分で触りたくても、それは敵わない。神宮は触れるつもりがないのか、気づいていないふりで腰を使い続けるだけだ。

「も……もうっ……イか……せ……」

一馬は切れ切れになりながらも、イかせて欲しいと訴える。

「いつでもイけばいい」

言葉は素《そ》っ気《け》ないものの、神宮の声には熱が籠《こ》もっている。この状況で神宮も一馬を揶揄う余裕はないのだろう。

「うっ……くぅ……無理……」

自分ではできないから言っているのだと、一馬は必死で訴える。

「あっ……あっ……頼……む……」

一馬はじっと神宮を見つめた。瞳に浮かんだ涙で視界は霞《かす》み、神宮の表情は見えないが、それでも見つめることで、切羽詰まった状況を伝えたかった。

「まあ、いいだろう」

何が神宮をその気にさせたのかはわからないが、一馬の願いは聞き入れられた。神宮の指が震える一馬の屹立に絡む。

「ああっ……」

軽く扱かれただけで、一馬は精を解き放った。それくらい、ギリギリの状態だった。

これでやっと楽になれるはずだった。けれど、一馬の中にはまだ神宮がいて、その屹立は全く力を失っていなかった。

「次は俺の番だな」

神宮は改めて両手で一馬の足を抱え直し、腰を動かした。

突き上げられれば、感じたくなくても、また体は勝手に快感を得てしまう。立て続けに二度

も達していて、そう簡単には勃ち上がらないのが救いだ。

神宮の動きが速くなる。そろそろ終わりが近づいてきたようだ。

神宮が一際《ひときわ》大きく奥を突き上げた。それと同時に体の中に熱いものが広がった。神宮に中で射精されたのだとわかっても、抗議する気力もなかった。

ゆっくりと一馬の体内から、萎えた自身を神宮が引き抜いていく。

「……っ……」

一馬は微《かす》かに体を震わせた。快感を与えようとしているのではない行為にでも感じてしまう。それくらい一馬の中は過敏《かびん》になりすぎていた。

「まだ足りなさそうだな」

達したことで余裕を取り戻した神宮が、そう言って一馬の屹立を軽く指で弾《はじ》いた。

「違っ……ぁ……」

否定したかったのに、力を持ち始めていたそこを刺激されれば、まともな言葉など出なくなる。

完全に勃ち上がっていないのだから、放っておいてくれれば、時間の経過とともに治まったはずだ。もう二度も達している。これ以上は肉体的に辛くなるから、もう終わりにしてほしかった。

そんな一馬の願いが届いたのか、神宮が残っていた足の拘束を取り、続いて、手も自由にしてくれた。ずっと同じ形で拘束されていたせいで、手も足も痺れている。一馬はすぐに動けなかった。

足下から一馬を見下ろしていた神宮が、膝で移動し近づいてきた。そして、一馬の胸の横で止まった。

嫌な予感しかしないのに、それでもまだ一馬は動けない。

神宮の手が一馬の体の下に差し込まれ、そのまま裏返された。うつ伏せになり、シーツが顔に当たる。息苦しさに顔を横に向けることはできたが、手を突いて体を持ち上げることはできなかった。

「まだ終わりじゃない。わかってただろう?」

頭上から聞こえる神宮の声に、一馬は軽く頭を振る。わかってはいたがわかりたくはなかった。機嫌の悪い神宮が、さらにその原因が一馬であるなら、簡単に解放するわけがない。

「一度、出したからな。次はもっと長持ちするぞ」

恐ろしいことを言いながら、神宮はまた足下に移動して、一馬の腰を持ち上げた。

腕を使って体を支えていないから、腰だけを上げた格好だ。そんな一馬の足の間に、神宮が膝を進める。

「はっ……あぁっ……」

柔らかくなった中を一気に貫かれ、一馬は声を上げて力のない腕に顔を埋めた。

中に埋められた屹立が、神宮の出したものをかき混ぜるように出入りを繰り返す。中途半端な状態だった一馬の中心は、完全に勃ち上がった。

さっきよりも長くと言った言葉を実行するように、神宮はゆっくりと腰を動かす。激しい突き上げは、神宮自身も追い詰めることになるからだろう。

揺さぶられるたびに中心にある屹立が揺れる。揺れて零れ落ちる先走りがシーツを濡らし、口から溢れ出る唾液が染みを作った。

今度はきっと神宮は一馬の屹立を触ろうとはしないはずだ。一馬が自分で触っても、簡単に達することはできないだろう。

それでも、楽になりたい一心で、一馬は自らに手を伸ばした。

いつ終わるのかはわからない。この責めはまだまだ終わる気配はなかった。

5

インターホンが鳴り響《ひび》く。

一馬《かずま》は夢の中のことと聞き流していた。けれど、何度も鳴り続けるインターホンに、夢ではないと、ぼんやりした頭が覚醒《かくせい》していく。

全てを思い出した。昨晩、気を失うまで神宮《じんぐう》に貪《むさぼ》られた。いつ終わったのかはわからない。そもそも何時から始められたのかも知らないが、気を失ったのはおそらく日付が変わった頃のはずだ。

どうやら一馬はずっとベッドで寝ていたようだ。全裸《ぜんら》のままなのは仕方がない。意識のない人間に服を着せるのは難しいし、着せたところで誰に見せるわけでもないのだ。それでも薄いタオルケットはかけられていて、体もべたついたところはない。その作業をしただろう、神宮の姿はこの部屋にはなかった。

ゆっくりと手を持ち上げてみる。痺《しび》れもないし、自由に動く。かなり熟睡《じゅくすい》したようで疲《つか》れもなかった。それならと一馬は体を起こした。

神宮はどこにいるのかと耳を澄《す》ます。気づけばさっきまで鳴り続けていたインターホンの音はなく、代わりに話し声が聞こえてきた。

「近所迷惑《めいわく》なので、やめてください」

神宮の声だ。おそらくインターホンの相手に向かって言っているのだろう。

「せめてドアを開けろ」

一馬にまで聞こえるくらいの大きな声で訴《うった》えているのは本条《ほんじょう》だ。

一馬は視線を巡《めぐ》らし、何か身につけられるものがないかを探す。さすがに全裸のままで人前には出たくない。

几帳面《きちょうめん》な神宮らしく、一馬の着ていた服が床に散らばっているようなことはなかったが、この部屋にはクローゼットがある。一馬の着替えもそこに常備されている。一馬はそこから手早く服を身につけ、玄関に急いだ。

玄関ドアに神宮が立ちはだかっている。一馬は後ろからその肩を摑《つか》み、そのまま力一杯《ちからいっぱい》引っ張った。

「どけ」

一馬がそう吐き捨てるとともに、神宮はバランスを崩《くず》して床に腰を落とした。

まだ一馬が目覚めていないと思っていたのか、それともドアの外の本条に集中しすぎていたのか知らないが、神宮は一馬の接近に気づいていなかったようだ。

一馬が急いでドアを開けると、驚《おどろ》いた顔の本条がいた。

「お前、無事だったのか」

本条の問いかけに一馬は首を傾《かし》げつつも、本条を部屋へと招き入れる。さっきまでのインターホンの連打や、神宮とのやりとりで近所の住民が出てこないとも限らない。

「いや、そう無事でもなかったようだな」

一馬が質問に答える前に、本条が呆《あき》れたように呟《つぶや》く。

どういう意味かと問い返そうとして、本条の視線に気づく。急いで服を身につけた一馬は、シャツのボタンまでは止めていなかった。羽織《はお》っただけだから、胸や腹が露《あら》わになっている。そのせいで神宮から肌に付けられた跡《あと》が丸見えになっていた。

「もう目が覚めたのか」

どこか腹立たしそうな声が背後から聞こえる。

「おかげさんでな」

一馬はシャツのボタンを止めながら、神宮を振り返らずに答えた。昨夜の行動をまだ説明してもらっていないし、許してもいない。レイラとの仲を誤解したからだとはいえ、やりすぎだ。だから、素《そ》っ気《け》ない態度で返した。

「本条さん、なんでここに？」

「いや、吉見《よしみ》からお前が自宅待機になったと聞いてな。何度も電話したんだが、繋《つな》がらないしで、ちょっと心配になって」

そう言った本条がチラリと神宮に目をやった。何を心配していたのか、言葉にせずともわかる。本条は神宮の嫉妬《しっと》深さを知っているから、他の女と噂《うわさ》になった一馬を放っておくはずがないと思ったのだろう。そして、それは正解だった。

「科捜研《かそうけん》にも行ってみたんだが、急に昨日から休みを取ってるって言われて、これはもうお前絡《がら》みに違いないと思ってな」

「心配かけてすみません。おかげで助かりました」

「俺が来なくても大丈夫そうだが？」

一馬自らが姿を見せたことで、本条が冗談《じょうだん》っぽく言って笑う。

「インターホンの連打、いい目覚ましになりました」

もし、それがなければ、一馬はもっと寝ていただろうし、そうなれば、神宮がまた何か仕掛けてくることも充分に考えられた。インターホンのおかげで神宮の注意が一馬から逸《そ》れ、一馬も目覚めることができたのだ。

「とりあえず、上がってください」

一馬は自分の部屋かのように本条を促す。神宮も拒否《きょひ》しなかった。きっと一馬が本条を中に入れた時点で諦《あきら》めていたのだろう。

一馬は本条を案内するように先に歩き、ダイニングの椅子《いす》を勧《すす》めた。テーブルを囲んで一馬と本条が向かい合って座り、神宮はその近くに、壁《かべ》にもたれて立っている。

「本条さん、仕事は大丈夫なんですか？」

一馬は今更《いまさら》な質問を投げかける。捜査《そうさ》一課《いっか》の本条にそうそう暇《ひま》があるはずがない。そんな本条の時間を自分のために使わせてしまったことが申し訳ない。

「今は大丈夫だ。まあ、いつまで時間があるかはわからないが」

そう言って、本条は一馬を安心させるように笑って見せた。

「あの週刊誌の件だが」

ここまで来たからなのか、神宮と揉《も》める原因になった話を本条が切り出す。

「レイラ本人が、自身のSNSで、事実に反する記事だと動画で説明している。相談に乗ってもらっていただけで、お前がホテルの部屋に入っていないことは、ホテル側が証明《しょうめい》できるとまで断言したし、悪質《あくしつ》だから出版社を訴えるとまで言っていた」

記事の掲載された週刊誌が発売されてから、一馬はレイラと連絡を取っていない。もしかしたら、メッセージを寄越していたかもしれないが、まだ確認はできていなかった。

「レイラがそこまで言い切ったんだ。でっちあげだろうという空気が広まっている」

「なら、謹慎《きんしん》が解《と》けるってことですか？」

「謹慎じゃなくて、自宅待機だろ」

本条は笑って訂正《ていせい》してから、

「今日にでも連絡があるはずだ」

そう一馬にとっては嬉《うれ》しい情報を付け加えた。

「運がよかったな」

皮肉《ひにく》のように聞こえるのは、一馬の考えすぎだろうか。一馬はその言葉を放った神宮に顔を向ける。

「運じゃねえよ。本当のことが証明されただけだ」

「どうだか」

神宮が鼻で笑う。

そんな二人のやりとりを見て、本条が小声で一馬に問いかけてきた。

「なんだ、まだ誤解は解けてないのか？」

「何もなかった証明なんて、どうやってするんですか？　俺の言い分は全く信じようとしないんで、証拠《しょうこ》でもないと納得できないみたいですよ」

一馬は神宮を見ながら、当てこすりのように本条に答えた。

「隠《かく》し事をするのが悪いんじゃないのか？」

「話す必要がないことだってあるだろ」

神宮の反論に一馬もムキになって言い返す。

レイラが男だという事実は、神宮には必要のない情報だ。女であれ男であれ、一馬とは特別な関係ではないのだ。

「後ろめたいことがなければ話せるはずだ」

「個人情報を話せってか？」

「俺が信用できないと?」

これではまるで昨晩の続きだ。昨晩は体を使って黙《だま》らされたが、今は違う。一馬は立ち上がり、神宮に詰《つ》め寄ろうとした。

「まあまあ、落ち着けよ」

口論を始めた二人を宥《なだ》めるように、本条が声をかける。

「冷静になれないなら、話し合いなんてできないだろう」

「俺はいつでも冷静ですよ」

「嘘吐《うそつ》け」

一馬が神宮の言葉を否定《ひてい》したときだった。一馬の携帯電話が着信音を響かせた。

一馬は周囲を見回した。壁に一馬のスーツが掛けられていて、そこから着信音が聞こえていた。

さっき本条が待機解除の連絡が来ると言っていたから、きっとそれだろう。一馬はすぐさま上着に近づき、ポケットから携帯電話を取りだした。

「はい、河東《かわとう》」

相手も確認せずに応対に出たのは、コールが何度も続いていたからだ。切られてしまう前にと急いだ。

『助けて』

切羽詰《せっぱつ》まった声はレイラだ。一馬は一度、携帯電話を離して、着信表示を確認する。確かにレイラだった。

「どうした？」

『また来たの、あいつが』

名前は出さなくてもわかる。ストーカーだ。もう解決したはずだった。それがどうしてと疑問に思うよりも、レイラが先に続ける。

『マンションに押し入られて、別の部屋に逃げたけど……』

レイラの声の後ろで、ドアを激しく叩《たた》く音が聞こえる。

『鍵《かぎ》もないし、もう無理かも』

「頑張れ。もうちょっとだけ耐《た》えろ。すぐに行く。部屋番号は？」

『七〇三』

「わかった」

一馬は通話をそのままに振り返る。

「神宮、車を出してくれ」

「事件か？」

さっきまでの喧嘩《けんか》を忘れ、神宮も立ち上がり、車の鍵を手に取って尋ねる。

「レイラがストーカーに襲《おそ》われてる」

一馬の言葉に神宮が驚きで目を見開く。レイラの名前だけならきっと別の表情になったはずだが、ストーカーという言葉が神宮を黙らせた。

「マンションに押し入られてて、かなりやばい状況《じょうきょう》だ」

「お前、ストーカーの相談に乗ってたのか？　なんで言わなかった？」

「話は後だ。時間がない」

一馬は急いで玄関に向かった。その後を神宮と本条も追いかけてくる。

「俺も付き合おう」

「助かります」

本条の申し出を一馬は即座《そくざ》に受け入れる。菊池《きくち》は外見からして欠片《かけら》も強そうになかったが、追い詰められれば何をするかわからない。乱闘《らんとう》になったとき、神宮は戦力外だ。レイラを守るためには、本条の力が必要だった。

三人で駐車場まで全速力で走り、一馬が運転席へと回り込んだ。都内の道を知り尽くしているのは一馬だ。神宮もそれがわかっているから、何も言わずに助手席に乗り込み、運転席に座った一馬に車の鍵を渡した。その間に、本条も後部座席に乗り込んだ。

「これで状況を確認してください」

一馬は携帯電話を本条に任せた。まだ通話状態にしている。レイラに話をする余裕がなくても、音を聞いているだけでも状況はわかる。

「レイラさん、今、どんな状況だ？」

本条が問いかける声を聞きながら、一馬は車を走らせる。念のための用心だったが、前回、マンションまで送っておいたおかげで、道を迷うこともない。最速で着けるコースを考えながら、車を走らせた。

「そっちに向かっている。できるだけ頑張って」

本条はレイラを少しでも安心させようと、落ち着いた声音《こわね》で励《はげ》まし続けている。本条がいてくれてよかった。さすがに運転をしながらでは無理だし、神宮にも向かない役目だ。

「もうつきまとわないと約束したはずなのに……」

一馬は運転しながら、誰にともなく呟く。

「諦めきれなかっただけだろう」

一馬の呟きを拾った神宮が答える。

「ストーカーの身元がわかってたから、警告《けいこく》したんだよ。ストーカーだなんてバレたら、職場にいられなくなるだろう？　現にしばらくは来てなかったんだ」

一馬はそのときの菊池の様子を思い浮かべる。刑事である一馬に警告されたことで、かなり怯《おび》えた態度だったのだ。

「その警告を無視するような何かがあったってことか」

「何か……」

神宮と話していると頭が整理される。警告を出したときから今日までで、菊池の気を変えるような出来事が何かといえば、一つだけ思い浮かんだ。

「あの週刊誌か……」

「お前とレイラの熱愛なら、ストーカーもわかってるんじゃないのか？　それを匂《にお》わせて警告したんだろう？」

「違う。そうじゃないんだ」

確かにあのとき、レイラと付き合いが深いように思わせようとはした。だが、写真のレイラではない。

「河東、マズいぞ」

呼びかけてきた本条の声に緊張感《きんちょうかん》があった。

「ストーカーに押し入られたようだ。もみ合う声の後、スマホを取り上げられたのか、通話が切れた」

「くそっ」

一馬はハンドルを叩く。

この車が覆面《ふくめん》パトカーならサイレンを鳴らして突っ切れた。だが、神宮の車だ。信号を無視することもできないし、車線を越えて走ることもできない。

「落ち着け。お前が焦《あせ》っても仕方ないだろう」

「わかってる」

窘《たしな》める神宮にそう返したものの、一馬は自身を落ち着かせるために深く息を吐いた。今はただ一秒でも早く、レイラの元に向かうことを考えるだけだ。焦りは必要ない。

それから十五分後に、レイラのマンションが見えてきた。

「あそこだ」

本条にもすぐに飛び出してもらえるよう、一馬は前方のマンションを指さした。

「お前は本条さんと一緒に先に降りろ。車は俺がどこかに停《と》めておく」

神宮も少しでも早く部屋に駆けつけるための手段を口にした。

「わかった」

一馬はそう答え、マンションのエントランスの真ん前に車を停めた。

「七〇三号室だ」

後から追いかけてくる神宮に向けて、そう言い残し、一馬と本条は車を飛び出した。

幸い、エレベーターが一階に停まっていて、二人はそこに駆け込む。7の階数ボタンを押し、一馬は足を小刻《こきざ》みに揺らす。

「突入したら、俺がストーカーを取り押さえるんで、レイラの保護をお願いします」

「逆のほうがよくないか？」

知り合いである一馬がレイラを保護したほうが、レイラも安心できるのではないかと、本条は言っているのだろう。

「ストーカー野郎をぶっ飛ばさないと気が済まないんで」

一馬の説得に応じた振りをしながら、それを裏切った菊池にも腹は立っているが、それ以上に、もうしないという菊池の言葉を信じた、自分自身に腹が立っていた。その苛立《いらだ》ちをぶつける相手は菊池しかいない。

「やりすぎるなよ」

呆《あき》れた顔をしつつも、本条は止めようとはしなかった。

一馬にとっては長く感じたが、ほんの数十秒でエレベーターが七階に停まった。中に入ったことはないから、七〇三号室がどこかもわからない。けれど、目に見える部屋番号からすぐに方向を察して、一馬は走り出す。

「ここだ」

急ブレーキをかけたように足を止め、ドアハンドルに飛びついた。

ハンドルが動いた。鍵はかかっていなかった。菊池もレイラを追いかけるのに必死で、鍵を閉める余裕はなかったのだろう。

「レイラ」

一馬は呼びかけながら室内に駆け込んだ。最初の部屋にレイラはいない。そこから繋がる部屋のドアは開け放たれていて、くぐもった声が聞こえる。きっとレイラが一馬の呼びかけに答えようとして、口を塞《ふさ》がれたに違いない。

「レイラ」

もう一度呼びかけながら、次の部屋へと足を踏み入れた。

ベッドの上で重なり合って寝転がる二人の男がいる。レイラが菊池に押さえ込まれ、動けなくされていた。どちらも男だから簡単に押し倒すことができなかったのだろう。レイラだけでなく、菊池も服が乱れている。揉《も》み合った証拠《しょうこ》だ。

一馬が登場したことで、菊池はレイラの口を押さえたまま固まっている。その菊池の横腹を一馬は全力で蹴《け》り上げた。

「ぐっ……」

呻《うめ》いた菊池の体がレイラの上から弾《はじ》け飛び、ベッドから転がり落ちる。それでも許さず一馬は菊池を床へと押さえつけた。

「レイラさん、大丈夫か？」

背後では本条がレイラを保護しているのがわかった。レイラのことは本条に任せて、一馬は苦しげな表情の菊池をさらに追い詰める。

「そんなに犯罪者《はんざいしゃ》になりたかったのか？」

菊池の胸ぐらを掴み上げ、揺さぶりながら問いかける。胸が持ち上がり、首がぐらぐらと揺れ、菊池は答えることができないようだが、構わずに一馬は続けた。

「そんなに医者をやめたかったのか?」

「ち……違う……」

「だが、もうやめるしかないだろうな。ストーカーなんかに診《み》てもらいたい患者《かんじゃ》は一人もいないはずだ」

一馬の言葉に菊池が項垂《うなだ》れる。

「なんで……」

俯《うつむ》いた菊池が、ぼそっと零《こぼ》した言葉を一馬が聞きとがめる。

「何か言いたいことがあるのか?」

「お前にはレイラがいるのに、なんで、こっちにも来るんだよ。あの女のところにいればいいだろう」

菊池の無意味な叫《さけ》びでようやく一馬は理解した。どうして、一度は引き下がった菊池がこんな真似《まね》をしたのか。それは怜央《れお》の恋人だと思った一馬が、レイラと付き合っているという記事が出たからだった。それなら怜央はフリーなのだと、自分にもまだチャンスがあると思い込んでしまったのだろう。ストーカーの気持ちなど理解したくないが、おそらくこれで間違いないはずだ。

「馬鹿だな、お前は」

一馬はフンと鼻で笑う。

「俺が誰と付き合っているかなんて関係ない。ただお前が怜央に嫌《きら》われてたってだけの話だろうが」

「嘘だ」

信じたくない菊池が必死で首を振る。

「嫌《いや》だって言われてたろ。迷惑《めいわく》だって。一度でも怜央がお前を喜んで出迎えたことがあったかよ」

一馬が突きつけた事実に、菊池が言葉をなくす。菊池もわかっていたはずだ。だが、怜央への想いが強すぎたのだろう。そのせいでこんな暴挙《ぼうきょ》に出てしまったのだ。もちろん、許される行為ではない。

「河東、そいつをどうする？」

レイラを連れて隣の部屋に避難《ひなん》していた本条が、ドアのところに立ち、一馬に尋ねた。

本来なら、現行犯逮捕《げんこうはんたいほ》で警察《けいさつ》に連行するところなのだが、当事者であるレイラの意見を尊重したかった。

一馬は戦意喪失《せんいそうしつ》して蹲《うずくま》った菊池をその場に残し、レイラのいる隣の部屋へと移動する。

「神宮、来てたのか」

我関せずといったふうに立っていた神宮が、一馬の視界に飛び込んできた。

「ああ。ついさっきな」

そう答えた神宮の視線が、ソファに座るレイラに注《そそ》がれる。

きっと聞きたいことは山ほどあるだろう。レイラの危機だとやってきたのに、部屋にいたのは少年なのだ。だが、一馬は無言で神宮に頷《うなず》いて見せ、説明は後だと訴えた。神宮ならきっとこの仕草の意味を理解してくれるはずだ。

一馬はまっすぐにレイラを見つめた。ここに来てから、こうしてレイラの顔を見るのは初めてだ。

レイラの表情は強《こわ》ばってはいるものの、怯えはなかった。部屋に押し入ってきたストーカーに襲われかけたという恐怖《きょうふ》は残っているのだろうが、気丈《きじょう》にも立ち向かおうとしているようだ。

意志の強さがうかがい知れる。

だから、一馬はレイラに意見を求めた。

「どうする?」

何をとは言わなかったがレイラには通じた。

「警察に連れて行って。こんな人、野放しにしちゃ駄目《だめ》です」

レイラは声を震わせながらも、しっかりと自分の意見を口にした。

「いいのか?」

大事《おおごと》にすることで、レイラが男だとバレてしまう可能性もある。一馬はそのことを言葉にはせずに確認する。神宮や本条を疑ってはいないが、隣にいる菊池に聞こえるかもしれないからだ。

「大丈夫。警察はそんなにお喋《しゃべ》りじゃないでしょ?」

強がったレイラが軽い口調で笑いかける。

事件が公になっても、被害者《ひがいしゃ》がレイラだとは伝える必要はどこにもない。菊池がストーカー行為に及《およ》んだのは、あくまで患者だった怜央なのだ。

「もちろんだ」

一馬は力強く頷いて見せる。

「それじゃ、ここに所轄《しょかつ》の警官《けいかん》を呼ぶぞ。あいつを連れて行かなきゃならないからな」

レイラは構わないと頷いた。

ここの管轄《かんかつ》は目黒署《めぐろしょ》だ。本条のほうが顔も広いし、信用もある。本条に頼んで警察官を呼んでもらおうかと思った。それで本条に視線を向けた。

「なんだ?」

視線に気づいた本条が、どうかしたかと一馬に尋ねる。

一馬と本条が目線を合わせたのはほんの数秒だ。それでも一馬には充分だった。

「あいつを見ていてもらえますか? 今から所轄を呼ぶんで」

「ああ、わかった」

本条が隣の部屋へと移動していく。置き去りにしていた菊池は抵抗する気力など残っていないだろう。それでも見張りは必要だ。

それから一馬は目黒署に電話をし、現行犯逮捕した犯人《はんにん》を連行するために、警察官とパトカーの派遣《はけん》を要請《ようせい》した。ここから目黒署はすぐだから、到着まで五分とかからないだろう。

「神宮、頼みがあるんだ」

「なんだ？」

問いかける神宮に一馬は近づいていく。そしてすぐそばまで行き、耳元に顔を寄せた。

「レイラ……、いや、怜央を目黒署まで連れて行ってくれないか？」

今ここにいるのが、レイラこと怜央だと、それだけで神宮には伝わったはずだ。そして、大声で話せない理由も神宮ならわかってくれるだろう。

「お前は？」

「あいつを連れて行かなきゃならない」

一馬はチラリと隣の部屋に視線を移す。

「仕方ないな」

神宮にしてみれば、一馬と揉める原因になったレイラを車に乗せたくはないだろうが、さすがに事件となれば、協力を断ることはなかった。

一馬はレイラに向き直る。

「こいつの車で警察に行ってくれるか？」

一馬はレイラに確認する。さっき男に襲われかけたばかりの状態で、知らない男の車に乗るのは怖いのではないか。だから、レイラの意思を確認した。

「あいつは俺が最も信頼する男だ。あいつが警察まで送ってくれる」

今はこの方法がベストだと、一馬は神宮について説明した。

レイラは神宮に顔を向け、お願いしますと頭を下げた。

最初はパトカーを二台、頼もうかと思ったが、今のレイラをパトカーに乗せるのはどうかと思ったのだ。被害者《ひがいしゃ》だが、暮らしているマンションでおかしな噂が立つ恐《おそ》れもある。

それから目黒署の警察官が到着し、全員でレイラの部屋を後にした。菊池の両サイドには警察官二人が付いている。

マンションのすぐ前にはパトカーが停まっていて、もう一人の警察官が立って待っていた。

「被害者の方は？」

警察官に尋ねられ、一馬が答える。こちらで目黒署まで連れて行くこと、一馬も後で追いかけると説明した。

まずは菊池を乗せたパトカーが走り去る。そして、神宮とレイラが、車を停めているという駐車場に向かった。残ったのは一馬と本条だけだ。

「タクシーでも呼ぶか」

本条が一馬に声をかける。

「それは後だ」

一馬は敬語を捨てた。本条に対しては失礼だが、これでいい。

「お前、ジローだろう?」

一馬は言い逃《のが》れは許さないとまっすぐに本条を見つめる。

「何が何度も電話しただよ。本条さんからの履歴なんてなかったっての」

さっき目黒署にかけたときに気づいた。履歴には本条の名前はなかった。それなら、電話をかけても出なかったから神宮のところを訪ねたという、そもそもきっかけが嘘になる。

目の前にいる本条の表情が変わる。それは本来の本条では見たことのない、子供っぽい笑顔だ。

「いつ気がついた?」

本条の顔で、本条ではない声で問いかけられる。

「確信を持ったのはさっきだ。瞳までは化《ば》けられないってことだ」

菊池を取り押さえていたときから、違和感《いわかん》はあった。レイラの保護を頼んだのに、迷《まよ》いなく怜央に近づいたのだ。それでも、そのときは違和感に構ってはいられなかった。だが、目黒署に連絡してもらおうと本条を見たとき、気がついた。黒目が僅《わず》かに本条よりも大きかった。一つ気になると、全てが変わって見えてくる。それで確信が持てたのだ。

「油断したなあ。同じ目の色だから大丈夫だと思ったのに」

ジローが悔《くや》しそうに答える。その表情も本条なら絶対にしないものだ。

「身近な人間に化けたのが間違いだったな。もし神宮に化けてたら速攻で気づいてるぞ」

断言した一馬がおかしかったのか、本条の顔をしたジローが声を上げて笑い出した。完全に一馬が知るジローの笑い声だ。

一馬が見ている前で、本条に化けたジローの背が高くなる。

「足をずっと曲げとくのって、結構、キツいんだよ。だから早く車に乗りたかったのに」

ジローが拗《す》ねたように呟く。ジローと本条の身長差は十センチ弱だ。それを埋めるためにスラックスの中で足を曲げていたらしい。

「その顔でその声はやめろ。気持ち悪いんだよ」

一馬は顔を顰《しか》める。

本条なら決してしないような話し方を、本条の顔でされるだけでも違和感があるのに、完全にジローの声に戻ってしまっては、違和感を超えて気持ち悪さが先に立つ。

「お前、レイラが男だってことを知ってたんだな」

一馬は確信を持っていた。レイラの部屋に来たはずが、そこにいたのは少年だった。確認する状況ではなかったから黙っていたという言い訳もできるだろうが、あのときのジローは違った。レイラがその少年だとわかっていたような態度だった。

「そりゃね、一馬と噂になった相手の素性《すじょう》は調べるでしょ」

ジローは当然だと悪びれることなく答えた。

「神宮には言ったのか？」

「言ってないよ。だって神宮さんは噂になったことに怒ってるんだから、相手が男か女かなんて関係ないよね？」

「なんで、そんなに神宮の見方をするんだ？」

神宮からも話は聞いたが、一馬にはどうにも納得できない。だから、ジロー本人から理由を聞きたかった。

「二人が別れちゃったりしたら、つまんないから」

「つまんないってなんだよ」

「だって、あの神宮さんにめちゃくちゃ執着《しゅうちゃく》されてる一馬って、超面白いじゃん」

「他人事《ひとごと》だと思って勝手なこと言ってんなよ」

「でも、嬉《うれ》しいんでしょ？」

決めつけた言い方に、一馬は咄嗟《とっさ》に答えが返せなかった。

神宮の嫉妬《しっと》深さを面倒だと思うことはあっても嫌だと思ったことはない。神宮ほど一馬に執着する人間など他にいなかった。だからこそ、神宮がそれだけ一馬を想ってくれているのが嬉しいのだ。ただ、それをジローに見透《みす》かされているのは嬉しくない。

「とにかく、お前はもう関わるな。目黒署にも行かなくていい」

それを言いたくて、一馬はわざわざ神宮にレイラを連れて行かせ、ジローと二人でここに残ったのだ。

「俺が警察に行かなくていいようにしてくれたんだ」

「お前のためじゃねえよ。後で本条さんが困るだろ」

一馬はあくまで本条のためだと答える。

覚えのない事件の協力について、説明を求められることがあるかもしれない。それも迷惑《めいわく》になるから避《さ》けたいことだが、それ以上に、ジローに変装《へんそう》されていたことを知らせたくなかった。さすがの本条もジローに変装されたと知れば、落ち込むのではないか。一馬はそう考えて、これ以上、本条に扮《ふん》したジローを警察に関わらせないようにした。

「ま、そういうことにしておくよ」

ジローが満足げに笑っているのは、きっと自分にいいように考えたからだろう。

刑事《けいじ》として犯罪者であるジローを逮捕したいという思いはある。けれど、助けられることのほうが多く、なかなか逮捕に踏ん切りがつかなかった。もっとも、ジローはそう簡単に逮捕させてはくれないだろう。

「じゃ、俺は行くよ」

「もう俺の知り合いに化けるんじゃねえぞ」

「注意するとこ、そこなんだ」

そう言って愉快《ゆかい》そうに笑ったジローの姿が、一瞬で一馬の前から消え去った。

「マジか……」

一馬は呆然《ぼうぜん》として呟く。

ジローは世界を股《また》にかける神出鬼没《しんしゅつきぼつ》の怪盗《かいとう》だ。これまでにも突然現れたり消えたりすることはあったが、昼間の街中での消失は、まるで仕掛けがわからない。

警察に周りを取り囲まれているわけでもない。観客は一馬たった一人。それなのにこんな派手《はで》な消え方をするジローに、一馬は呆れて苦笑する。

けれど、その場に佇《たたず》んでいたのはほんの一瞬だ。一馬はすぐに頭を切り替え、目黒署へと急いだ。

6

目黒署での事情聴取《じじょうちょうしゅ》は無事に終わった。

レイラは結局、自分がレイラだとは言わなかった。本名の怜央のままで全ての説明をしたのだ。菊池は怜央がレイラだと知らないから、そこに齟齬《そご》はない。レイラが話さない以上、一馬も話すことはない。結果、レイラの秘密は守られた。

レイラの聴取が終わっても、菊池の取り調べは続いている。一馬は引き続き、そこにも立ち会った。もっとも取調室には入らず、マジックミラー越しに隣の部屋で見ていただけだが、もう諦めたらしく、素直に答えている。ただレイラではなく怜央への熱い想いを語るのには、刑事たちもうんざりした様子だった。

菊池の取り調べが終わって廊下《ろうか》に出た一馬に、目黒署の刑事がレイラが帰ったことを教えてくれた。それなら一馬ももうここに用はない。世話になった礼を言って、一人で目黒署を後にした。

署を出てすぐ、駅に向かおうとした一馬の目に、よく見知った車が飛び込んできた。神宮の車が道路端の駐車スペースに停まっていた。レイラを送った後は帰っていいと言っておいたのだが、こんな時間まで待っていてくれたのだろうか。

「思ったより早かったな」

神宮も一馬に気づき、車を降りて一馬を出迎《でむか》える。

「いや、でも二時間くらいはかかったぞ」

一馬は腕時計で今の時刻《じこく》を確認していった。一馬が目黒署に入ってから、おおよそ二時間は経《た》っている。

「ずっと待ってたわけじゃない。一〇分くらい前に戻ってきたんだ」

つまり神宮はどれくらい取り調べに時間がかかるのかを計算して、それがほぼ当たっていたということのようだ。

神宮は一馬に助手席を勧《すす》め、自らは運転席へと乗り込んだ。せっかく車があるのに、ここで立ち話をする必要はない。

「俺から連絡するまで待てなかったってことは、早く事情が知りたいんだな?」

走り出した車の中で、一馬は神宮に問いかける。

「そうだな。おおよそはわかったつもりだが、お前の口から聞きたい」

聡《さと》い神宮のことだ。男の姿になったレイラを見ただけで、一馬が口をつぐんでいた理由に気づいているはずだ。

「あいつと何か話したか?」

神宮とレイラにはマンションから目黒署までの間、二人きりの時間があった。

「自分がレイラだということと、男の姿のときにストーカーに遭《あ》っていて、お前に相談に乗ってもらっていたということは聞いた」

「レイラが自分から話したのか？」

一馬の問いかけに神宮はそうだと頷《うなず》く。

「先に本条さんが、俺も警察関係者だと話していたらしい。だから、話しておこうと思ったようだ」

本条ではなくジローだが、おそらく神宮にもレイラが男であることを教えようとして、レイラが自分から話すきっかけを作っておいたのだろう。

「レイラが男なのは公にされている情報ではないから、お前は何も言えなかったってことだったんだな？」

「ああ、そうだ」

「それなら、もっと他に方法があったな」

呆れたように言った神宮の言葉が突き刺さる。言われるまでもなく、一馬は後悔《こうかい》し、反省もしていたが、神宮から言われると余計に重く感じる。一馬の軽率《けいそつ》な行動が、結果として、レイラが襲われる原因にもなったのだ。

「悪かったよ。一人でなんとかする予定だったんだ」

素直に謝罪《しゃざい》の言葉を口にするが、神宮はまだ納得していないようだった。

「それだけか？」

「なにが？」

「レイラに会いたかったからじゃないのか？」

「子供すぎてタイプじゃないって言ったろ」

まだ気にしていたのかと、一馬は呆れる。

実際に一馬がこれまでに付き合った女性はセクシー系が多かった。レイラも可愛いとは思ったが、それ以上の感情はない。

「あっちはどうかな？」

「どうかって、何が？」

神宮の言葉の意味がわからず、一馬は問い返す。

「レイラはお前に惚《ほ》れたから、お前に相談したんじゃないのか？」

「いやいや、そんなことはないだろ」

一馬は否定しながらも、レイラの態度を思い返す。最初から親しげな態度ではあったが、あれは元々の性格によるものだろう。レイラから特別な好意を持たれているような気はしなかった。

「どうだか。お前は男にモテるからな」

「男にしかモテないような言い方はやめろよ。俺は女にもモテるんだよ」

一馬はムッとして言い返した。神宮と付き合う前は、多くの女性と浮名《うきな》を流してきた。警視《けいし》庁一《ちょう》のモテ男だという自負もあった。

「で、レイラはどっちが対象なんだ?」

一馬の自慢話《じまん》を断ち切り、神宮が尋ねる。

レイラの恋愛対象が男性か女性かなど、一馬は知ろうとも思わなかったから、もちろん、聞いていない。本人は女装に関しては、似合っているからだと言っていたが、女性になりたいとは言ってなかった。男の姿に戻っても違和感はなかったし、女性になりたいようには一馬には見えなかった。だからといって、女性が恋愛対象だとは限らない。

「どっちかなんて俺たちには関係ないだろ」

結局、一馬に答えはわからないから、そう答えた。

「つまり確かめてないんだな」

「ちょっとした知り合いでしかないのに、そんな踏み込んだ話するかよ」

「お前にもそんな気遣いができたのか」

何故《なぜ》か、神宮が感心したように呟く。

「お前は俺をなんだと思ってんだ」

心外だと一馬は顔を神宮に向け、問い詰める。

「無神経《むしんけい》な男だと思ってるが?」

「俺がいつ無神経なことをしたよ」

「俺に対してはよくしてる」

「お前が神経質なだけだ」

一馬は憮然《ぶぜん》として答えた。

他の人間なら気にならないことでも、神宮には引っかかることなどいくらでもある。特に一馬が絡むことに多い。神宮以外の男と接することに、神宮は異常に警戒する。それがわかっていても面倒くさくて、特別な対処はしていない。

一馬にとっては普通の行動が、神宮には無神経だと思われてしまうのだろう。

「まあいい。それより謹慎解除の連絡はあったのか？」

「謹慎じゃねえよ。自宅待機だ」

自分で言うのはいいが、人から謹慎と言われるのは気に入らない。一馬はそこを訂正してから、

「目黒署にいるときに電話があった。明日から出勤だ」

菊池の取り調べを見学していたときに電話があったことを伝えた。

「なら、今日はもう帰っていいんだな？」

「ああ。今は事件も起きてないそうだ」

一馬の返事に納得したように頷いた神宮は、それならと車の行き先を変えた。

「どこ行くんだ？」

一馬と神宮、どちらのマンションにも向かっていない進路に、一馬は疑問の声を上げる。

「久しぶりに遠出しないか？　明日の朝までに戻ればいいだろう？」

「お前がちゃんと送ってくれるんならな」

「それはいつものことだ」

答える神宮の声は、どこか弾んでいるように聞こえる。きっと一馬が隠《かく》していたことが明らかになって、胸のわだかまりが晴れたからに違いない。

機嫌《きげん》のよくなった神宮の運転で、流れる景色と上空に見えてきた標識《ひょうしき》に、一馬は驚いて神宮に尋ねた。

「遠出って、まさか東京を出るとは思わなかった」

一馬が目にした標識は神奈川方面を示していた。

「都内だと遠出にはならないだろう」

「まあ、そうだけど、明日の朝には帰ってこなきゃならないんだぞ？」

「観光するわけじゃない。充分だ」

運転する神宮がそう言うなら、一馬に言うことはない。せっかく神宮の機嫌がいいのだ。どこに行くか知らないが、たまにはドライブデートもいいものだ。

神宮が高速を降りたのは横浜だった。海に向けて走っていた車の前方に、やがて有名な観光地、赤煉瓦倉庫《あかれんがそうこ》が見えてきた。旅行などしない一馬でもさすがに知っている。

「観光はしないって言ってなかったか？」

「通り過ぎるだけだ。お前は車窓を楽しむといい」

「楽しめと言われてもなぁ……」

一馬は窓の外に目をやる。車は走り続けているから、既に赤煉瓦倉庫は通り過ぎていた。それでも意図的に海沿いを走っているのか、絵になる景色が続いている。

「まあ、悪くはないけどな」

今気づいたが、今日は雲一つない快晴だった。空の青と海の青が目に眩《まぶ》しい。こんな景色をじっくりと見ることなど、滅多《めった》にない。新鮮《しんせん》な気持ちだ。

「そうだろう。謹慎で荒《すさ》んだ心も癒《い》やされるんじゃないのか？」

「だから、謹慎じゃなくて待機だっての」

再度、一馬が訂正すると、運転席から神宮の笑い声が返ってきた。

穏やかな雰囲気のまま、ドライブデートは続き、本当に一馬を癒やそうとしているのか、神宮は観光地を順番に巡っていった。もっとも車を停《と》めるわけではないから、あくまで車窓からだが、それでも横浜観光をした気にはなれた。

そして、最終的に神宮が車を停めたのは、横浜市内にある有名ホテルだった。

「ここのレストランを予約した」

地下駐車場からエレベーターに向かって歩きながら、神宮が言った。

「いつだよ」

神宮の言葉に、一馬は即突っ込みを入れた。

今日の午前中にレイラの事件が起きてから、ずっとバタバタしていた。一馬が目黒署を出たのは午後一時過ぎ。それまで、一馬の予定など、神宮にも、いや、一馬本人にもわからなかったのだ。

「さっきトイレ休憩《きゅうけい》したときだ」

「そういえば、スマホ触ってたな」

一馬も思い返して頷く。一馬たちは一度、トイレ休憩のためにコンビニに車を停めた。トイレの後、運転させているからと、一馬が二人分のコーヒーを買って車に戻ると、神宮は携帯電話をしまっているところだった。一馬に劣《おと》らず仕事人間の神宮だから、仕事の連絡かと気にしていなかったのだが、まさかそんなことをしているとは思わなかった。

「夜景の見えるレストランだ」

真顔で言う神宮に一馬は笑いを堪えられなかった。ひとしきり笑ってから、

「なんで、そんなベタなデートプランなんだよ」

神宮の肩に手を置き、その真意を尋ねた。

「改めて、惚《ほ》れ直させようと思っただけだ」

「なんで、今更《いまさら》?」

「俺にはライバルが多いからな」

冗談のような言葉に、少しの本音《ほんね》も混じっている。レイラとの疑惑《ぎわく》は払拭《ふっしょく》されても、未来の不安は消えないようだ。過去の自分の行動を振り返れば、神宮がそう思うのも無理はない。それなら言葉で伝えるしかない。

肩に置いた手に力を込め、一馬はぐっと神宮を引き寄せる。そして、その耳元に囁《ささや》いた。

「惚れ直す暇《ひま》なんてないくらい、充分に惚れてるよ」

驚いた様子で顔を向ける神宮に、一馬は照れ隠しで笑いかける。

「さ、行くぞ」

そう言って、肩に置いた手をそのまま回し、肩を組んで歩き出した。


最上階にあるレストランは、ホテルの売りになっているだけあって、横浜の街を一望できる。その眺《なが》めは素晴らしかった。料理もそれに見合うだけのもので、一馬は久しぶりに旨《うま》い料理を堪能《たんのう》した。

「こんなにゆっくりと食事をしたのは久々だ」

一馬はコース最後のコーヒーを味わいながら、感想を口にした。

「たまにはいいだろう?」

「ああ。連れてきてくれてありがとうな」

素直に感謝の言葉を口にすると、神宮は満足げな笑みを浮かべる。

「で、さっきワインを飲んでたけど、上に部屋を取ってるとか言う？」

冗談で言った一馬に、神宮が頷く。

「当然だ」

あまりにも神宮が真顔だったから、一馬は思わず吹《ふ》き出した。それでも静かな店内の雰囲気に慌《あわ》てて口を引き締める。

「笑わすなよ」

「笑わせた覚えはない。お前が勝手に笑ったんだ」

「嘘吐けよ」

笑いの治まらない一馬をとがめることもなく、神宮も口元を緩《ゆる》めている。そうして、和《なご》やかな雰囲気のまま、二人でレストランを出て、フロントのある一階に向かう。さすがにチェックインの手続きまでは、一馬に内緒でできなかったようだ。

神宮がワインを飲んだときから、今日は横浜泊まりになることはわかったが、まさかこんな高そうなホテルにそのまま泊まることになるとは思わなかった。

一馬はフロント前に設置されたソファに座って神宮を待っていた。

食事でも飲みに行ったときでも、こうしてホテルに泊まるときでも、どちらが支払いをするかは決まっていない。割《わ》り勘《かん》になることもあるが、基本的には誘《さそ》ったほうが払うことが多い。

そうなったのは神宮が原因だ。一馬と違って高級志向なところがあるから、なんでも割り勘だと好きなところに誘いにくいのだと言っていた。だから今日も神宮に全てを任せ、支払いの場には立ち会わないで、こうして後ろで待っていた。

チェックインを済ませ、神宮がカードキーを手にして、一馬に近づいてくる。一馬も迎えるように立ち上がる。

フロントまで来たときと同じく、二人で並んで歩き、エレベーターへと乗り込んだ。

「最初からここに泊まるつもりだったから、明日の朝に戻るなんて言ってたんだな」

「俺がなんの計画もせずに、そんなことを言うはずないだろう」

「そうでした」

軽口を叩いているうちに、エレベーターは目的の階に着いた。

部屋に入り、バスルームの横を通ったとき、ふと一馬は気づいた。

「着替え、どうするんだ?」

一馬は手ぶらだ。コンビニにでも行けば、下着は手に入れられるが、これから買いに行くのも億劫《おっくう》だ。

「下着と靴下《くつした》ならここに入ってる」

神宮がいつも持っているバッグを持ち上げて見せる。

「……マジで計画的だな」

感心するより呆れてしまった。一馬が断ることなど考えていないのだろう。

唖然《あぜん》としている一馬を横目に、神宮は先に部屋の奥へと進んでいった。

ベッドが二つのツインルームだ。窓際《まどぎわ》に一人がけのソファが二つと丸いテーブルがあった。

そこに座る前に、一馬はまずミニバーの冷蔵庫を開けた。

さっきのレストランでもワインを飲んだが、あの程度では到底、飲み足りない。冷蔵庫の中には、アルコール類だと缶《かん》ビールと缶チューハイがそれぞれ二本ずつ入っていた。その一つを手に取った。

「お前も飲むか？」

一馬は振り返り、神宮に問いかける。

「いや、俺は先に汗を流す」

既にバッグから替えの下着を取り出した神宮は、そのままバスルームへと向かった。

「じゃ、俺は一人で飲んでるか」

一馬は缶ビールを片手に、窓辺へと移動する。レストランほど上層階《じょうそうかい》ではないが、ここからでも夜景は楽しめる。

窓辺に立ち、横浜の街を見下ろしながら、ビールを一口飲んだところで、神宮に声をかけられた。

「河東、ちょっと」

バスルームから顔だけ出して、神宮が一馬を呼ぶ。

「なんだ？」

「いいから来い」

手招きまでされて、一馬は仕方なく缶ビールを片手に、神宮の元へ向かう。

「見てみろ」

神宮はバスルームの手前、洗面台のある場所にいた。そこからバスルームのドアを大きく開いて、中を見るよう、一馬を促す。

まず、ホテルの風呂にしては随分《ずいぶん》と広く感じた。それはバスタブの向こうに窓があるせいだとすぐに気づく。

「これは凄《すご》いな」

一馬はバスルームの中に足を踏み入れ、改めて窓からの景色に感嘆《かんたん》の声を上げる。さっきレストランで見た光景が、ここからも見えることに驚きを感じる。

「ああ、なかなかだ」

わざわざ一馬を呼んでまで、この景色を見せたがったくせに、神宮は素直じゃない。それでもこれが神宮だから、一馬は気にしない。

「これを見ながら風呂に入るなんて、とんでもない贅沢《ぜいたく》だな」

一馬はその贅沢な風呂を見ていて、ふとひらめいた。

「よし、ちょっと待ってろ」

神宮をその場に残し、一馬は元いた部屋へと戻る。

せっかく夜景もある贅沢な場所なのだ。ただ風呂に入るだけはもったいない。

ミニバーからもう一本缶ビールを取り出し、その上にあったグラスを二つ持ち、すぐにバスルームに戻った。

「ワインかシャンパンでもあれば、もっと雰囲気が出せたんだけどな」

一馬は手にしていた缶ビールとグラスをバスタブの縁《ふち》に並べた。バスタブの中には湯が溜まり始めている。神宮が自分が入るために入れていたのだろう。

「だから、ビールにグラスか」

「ああ。せめてグラスにでも入れれば、少しは雰囲気が出るだろ」

一馬たちはいつも缶ビールは缶のまま飲んでいる。こんなときだけのグラスだ。ごく普通のグラスだが、缶のままよりはマシだろう。

準備を終えた一馬は、神宮より先に服を脱《ぬ》ぎ始める。

「お前が先に入るのか?」

「何のためにグラスを二つ持ってきたと思ってんだよ」

一馬は得意げに鼻で笑う。

「お前も一緒に入るに決まってんだろ」

そう言いながら、一馬は既に全裸になっていた。バスタブの湯はまだ充分な量にはなっていないが、二人で入れば嵩《かさ》が増して足りるだろう。

バスタブに入り、一馬はまだ腰までしかない湯に体を浸《つ》ける。そして、すぐにグラスを手に取った。

「セレブになった気分だ」

一馬は顔を横に向け、夜景を眺めながら、グラスを口に運んだ。いつもの缶ビールが格別な味に感じる。

「安いセレブだな」

笑い声とともに神宮もバスルームに入ってきた。

「しょうがないだろ。本物のセレブじゃないんだ」

「確かに」

神宮は頷いた後、バスタブに足を入れた。けれど、一馬のように腰を下ろすことはなく、バスタブの縁に腰掛けた。

「お前も入れるぞ」

一馬は体を横にずらし、神宮のためにスペースを空《あ》けた。

決して広くはないバスタブだ。成人男性二人が入るには充分とは言えないが、入れないことはない。

「大丈夫だ。こうしたほうが夜景がよく見える」

確かに神宮の言うとおり、しゃがんでいる一馬より座っている神宮のほうが、角度があって景色は見下ろしやすい。だが、これには問題があった。

「お前はそうでも、俺がなぁ……」

一馬は眉根《まゆね》を寄せる。

「なんだ？」

「そこに座られると、夜景より別のものが気になるんだよ」

答えた一馬の視線は神宮の顔ではなく、股間《こかん》に向いた。一馬の目線の高さがちょうど神宮の股間になり、しかも全裸だ。普段は隠されているものが、今は露《あら》わになって一馬の目の前にあった。

「いい景色だろう？」

全く恥ずかしがることもなく、神宮は笑ってみせる。

神宮の中心は力を持っていないが、それでもその存在を主張し、一馬の目を引きつける。何度も見ているのに、何度見ても目が離せなくなる。窓の外の景色など、もう一馬の目には入らなかった。

一馬はそっと手を伸ばす。

触れた瞬間、神宮も一馬の髪に手を伸ばした。一馬が触れることを受け入れた証拠《しょうこ》だ。

昨日は一馬が一方的に貪られるだけだった。こうして神宮に触れるのは久しぶりで、一馬は思わず生唾《なまつば》を飲み込む。

一馬の指が神宮の屹立《きつりつ》をなぞる。ゆっくりと形を確かめるように手を動かしていく。そうすることで、すこしずつ神宮の中心が形を変える。その反応に気を良くして、一馬は夢中になって扱《しご》いた。

硬くなるにつれ、頭上から聞こえる神宮の息が荒くなっていく。

多分、横浜ドライブデートなどとやり慣れないことをして、浮かれていたのかもしれない。自分から積極的にしたことなどほとんどないのに、今日は何故かそうしたくなった。

一馬は硬くなった屹立に顔を近付けた。

「……っ……」

屹立を口に含《ふく》むと、神宮が息を呑《の》んだ気配を頭上で感じる。神宮もまさか一馬がここまでするとは思っていなかったに違いない。

一馬は口に含んだまま、唇《くちびる》で扱くように頭を動かす。

「サービス満点だな」

そう言った神宮に答える代わりに、一馬は舌を使った。

「ふ……っ……」

感じているのだと、はっきりわかる熱い吐息が、一馬をますますつけあがらせる。

昼で舌で、時には吸い上げることで、神宮を昂《たか》ぶらせる。既に口に含むのが辛《つら》いくらいに大きく育っていた。

一馬の口の中に、神宮の先走りの苦みが広がる。一馬は顔を顰めながらも、まだ屹立を離さなかった。

神宮の限界はもうすぐそこまで来ている。

昨日、イかされた回数も覚えていないくらい、神宮に好き放題にされてしまった。その仕返しに最後まで自分の口でイかせてやりたかった。

ぐっと、神宮が一馬の頭を押さえた。そうされると、一馬は自ら顔を離すことができなくなる。

「んうっ……ふっ……」

ギリギリまで神宮を追い詰めたら、顔を離す予定だった。精液など口に入れたくなかったし、ましてや、飲むつもりなど毛頭なかった。

それなのに神宮に頭を押さえつけられ、計画が崩れた。きっと神宮も自分の限界を察して、一馬に飲ませようとしているに違いない。

「……っ……」

一馬の口中に神宮の放った精液が広がる。それでも神宮は手を離さない。

口の中は屹立で埋《う》まっていて、吐き出したくても吐き出せない。神宮を押し返したくても、体勢が悪かった。神宮の足の間に挟まれ、頭は押さえられ、突き返そうにも手を突く場所がない。

ようやく顔を離してもらえた瞬間、一馬は激しく咳《せ》き込んだ。既に全て飲み下してしまっていて、咳き込んだところで吐き出せるものもないのだが、それでも喉《のど》に何か詰まったような感覚に何度も咳《せき》を繰り返す。

「大袈裟《おおげさ》だな」

完全に他人事の顔でそう言った神宮は、バスタブの縁から底へと腰を移動させた。そして、咳き込んでいる一馬の尻の下に伸ばした足を差し込んだ。

咳き込みすぎて涙目になったまま、一馬は何をするのかと神宮を睨む。

神宮は一馬の腰に手を回し、自らの元へと引き寄せた。そうすることで、一馬は神宮の膝の上に座るかたちになった。

神宮がまっすぐに一馬を見つめてくる。一馬もその視線を受け止め、神宮を見つめ返す。

互いの距離がなくなるのに時間はかからなかった。

唇が触れれば、すぐにもっと深く味わいたくなる。それは二人とも同じ気持ちだった。

だが、いつもと違うのは、一馬がほんの数秒前まで激しく咳き込んでいたことだ。まだ息苦しさが残っていたのに、それを忘れて自ら深く唇を合わせてしまった。息苦しさが再び一馬に訪れる。

一馬は神宮の肩に手を突き、押し返した。さっきとは違い、今度は力を込められたから、押し返すことができた。

「ちょっと休憩だ。喉が気持ち悪い」

息苦しさもあるが、精液がまだ喉に残っているかのような気持ち悪さがあった。一馬は顔を顰めてそれを訴える。

「口直しにこれでも飲んだらどうだ」

神宮が置いたままにしていたグラスを渡してくる。

冷たさはとっくになくなっているが、口直しには充分だ。一馬はグラスを受け取り、口に含んだ。

最初の一口は口の中を濯《すす》ぐために使い、バスタブの外に吐き出した。その後、グラスの中身を飲み干し、喉に残った名残《なごり》を流すとともに口の中の味も変えた。

「落ち着いたか?」

「ああ」

一馬は肩で大きく息を吐いて頷いた。

「なら、仕切り直しだ」

神宮が再び一馬の腰に手を回す。

今度は引き寄せられるより早く、一馬から顔を近付けた。

重なり合う唇。まだビールを飲んでいない神宮とは違って、きっと一馬の唇はビールの味がするはずだ。

ビールではなく、本来の神宮の味をより深く味わうために、一馬は神宮の唇を押し開くように舌を差し込んだ。

受け止めた神宮の舌が一馬の舌に絡みつく。神宮の口中を刺激しようとしても、神宮の舌に邪魔《じゃま》され、舌を絡ませるばかりになる。互いに引かないから、舌の動きが激しくなり、唾液が口の端《はし》から零れ落ちる。

いつの間にか、腰まで浸からないくらいにしか溜まっていなかった湯も溢《あふ》れるくらいになっていた。

それに気づいた一馬は、軽く神宮の肩に手を置き、顔を離した。それから振り返って、溢れ出る湯を止めるために蛇口《じゃぐち》を回した。

まだ一馬は神宮の膝に乗ったままだ。その状態で腰から上だけを回して振り返ったから、姿勢の安定が悪くなっていた。だから、咄嗟《とっさ》に反応できなかった。

「あっ……」

後孔に指先が触れたかと思うと、すぐさまそれは中へと押し入ってきた。

「くっ……うぅ……」

体内に沈《しず》められた指の感覚がリアルに伝わってきて、一馬は顰めた顔を神宮の肩口に埋《うず》める。顔を隠さないと一馬の反応を神宮に知られてしまうからだ。

昨日、さんざん神宮に貪られて、その痕跡《こんせき》はまだ消えていない。すぐに中が感じてしまうのはその余韻《よいん》のせいだ。

「まだ柔《やわ》らかいな。これならすぐに入りそうだ」

既に指を二本に増やし、神宮が満足げに呟く。

「昨日……あれだけしといて……足りないのかよ」

一馬はおかしな声を漏らさないよう、言葉を途切れさせながらも神宮に抗議《こうぎ》する。

二人で風呂に入ったのは油断していたからではなく、あれだけしたから、さすがの神宮も種切れだと思ったからだった。けれど、それは間違いだと気づかされる。

「昨日のはお仕置きで、これからするのは愛あるセックスだ。全く違う」

「ばっ……」

一馬は罵倒《ばとう》する言葉さえ言えなかった。神宮が一馬の腰を持ち上げ、そのまま屹立の上に落としたからだ。

「ああっ……」

奥深くまで神宮を呑み込まされ、自然と一馬の口から声が押し出される。一馬は思わず神宮にしがみ付いた。

「ほらな。痛くないだろう?」

神宮に耳元で囁かれ、それすらも刺激となって一馬を震えさせる。

後孔に呑み込まされたままでは、一馬は動けない。完全に体の自由を奪《うば》われた状態だ。だから、神宮は一馬の腰から手を離した。そして、その手は胸へ移動する。

「は……ぁ……」

胸の尖《とが》りを指で弾かれ、掠《かす》れた息が漏《も》れる。

神宮は両手で両方の胸を弄《いじ》り始めた。おかげで揺れる体は自分で支えるしかなく、一馬は神宮の首にしがみ付く。

「ここ、触る前から勃《た》ってたな。入れただけでそんなに感じてるのか」

揶揄《やゆ》する言葉を聞きながら、ツンと尖った胸の飾《かざ》りを擦《こす》られる。

乳首で感じることも神宮に教え込まれた。ただ何かに当たったりしても、全く感じることはないから、おそらく神宮限定だろう。

一馬は神宮の肩に顔を埋めているから、胸元は見えていない。神宮は見えない状態で胸を弄り続けた。一馬の顔も胸も見えていないのに、神宮は的確に一馬を昂ぶらせる。

「はぁ……」

唇を引き結んでも零《こぼ》れ出る吐息が、一馬の快感を伝える。一馬の中心は完全に勃ち上がっていた。それが神宮に見えていないのがせめてもの救いだ。

「ああっ……」

神宮が不意に腰を突き上げたせいで、堪《こら》えきれなかった声がバスルームに響く。繋がったまま突き上げられただけでも、昂ぶった体には強い刺激になった。

「どっちでイかされたい？」

神宮が指の腹を胸の尖りに擦りつけながら、一馬の耳元で問いかける。声とともに息を吹きかけられ、一馬はビクッと身を竦《すく》ませた。

「こっちか……」

そう言って、神宮は胸に置いたままの指を動かす。一馬は体を震わせたものの、かろうじて声は押し殺せた。

「それともこっちか……」

今度は指の動きを止めて、軽く腰を突き上げる。

「あっ……」

堪えきれずに声が漏れ、吐息が神宮の肩にかかる。

「なるほど。やはりこっちか」

神宮は小さく笑ってから、胸から引いた手を一馬の腰に添えた。

「待っ……ああっ……」

一馬の制止の言葉など神宮が聞き入れるはずもなく、一馬の体は持ち上げられた。いつもより簡単に持ち上がったのは、胸元近くまである湯のせいだ。

屹立に肉壁を擦り上げられ、強烈《きょうれつ》な刺激が快感《かいかん》となって一馬を襲う。ずっと中に入れたままで胸を弄くられていたせいで、一馬の体は限界にまで昂ぶっていた。それでも達してしまわなかったのは、昨晩、あれだけイかされていたせいだ。

神宮も決して余裕があるわけではないはずだが、やはり一馬と同じで、そう簡単にはイかないのだろう。しかも、神宮は既に一度達している。

神宮が一馬の腰を摑んで、持ち上げては落とすを繰り返す。そのたびに一馬は声を上げさせられた。そうするしか快感を逃す術《すべ》がなかった。

「はっ……あぁ……っ……」

一馬は声を上げ続ける。一度解放してしまったら、もう堪えることなどできない。神宮の首に回していた手も、安定が悪くて、その後ろにあるバスタブの縁に移動させた。そこなら動くことはないし、強く摑んでも大丈夫だ。

「くっ……あっ……」

一馬の中心は湯の中で揺れている。先走りも溢れ出しているが、この体勢ではそれは見えない。

「自分で動くのなら、扱いてやるぞ」

「誰が……動……くかっ……」

一馬は必死で抵抗した。神宮の思いのままになどなってたまるかと、涙の滲《にじ》んだ瞳で睨み付ける。

「なんだ、後ろだけでイきたいのか？」

「違っ……うぅ……」

否定する言葉は突き上げられて途《と》切《ぎ》れる。

「違わないだろう。お前はこっちのほうが好きだ」

「だ……ああっ……」

誰がと言いたかったのに、神宮にまた体を引き上げられ、それは敵わない。限界はもうすぐ近くだった。

一馬は唇を噛《か》みしめ、神宮に動かされるより先に自ら腰を下ろした。

「うっ……くぅ……」

屹立を自ら呑み込んでいくという屈辱《くつじょく》と、それでも感じてしまう羞恥《しゅうち》に身を震わせながらも、全てを体に収めた。

一馬の動きに合わせて、神宮も手を一馬の腰から屹立へと移動させた。

「んっ……」

神宮がするりと屹立を撫《な》でる。待ちわびていた刺激をようやく与えられ、一馬は安堵《あんど》の息を漏らす。

そのまま神宮の手が屹立を包み込んだ。けれど、その手は動かない。どうしてなのかと、一馬は神宮の顔を見つめる。

神宮は薄く笑っている。その笑みに意図を察した。一馬が動かなければ、神宮も手を動かさない。動いた分だけ動かすというのだろう。

「くっ……そっ……」

一馬は震える手で神宮の肩を摑んだ。そして、ゆっくりを腰を上げた。

「はぁ……」

熱い息を吐きながら、中にいる神宮を引き抜いていく。

いっそこのまま全てを引き抜いてしまおうか。そんな考えが頭をよぎる。けれど、今は動きが鈍《にぶ》くなっていた。一馬のそんな考えなどお見通しだとばかりに、神宮が一馬の肩に片方の手を乗せ、力を込める。

「ああっ……」

自分の意思ではなく体を落とされ、一馬は背を仰け反《のぞ》らせて声を上げた。それでもまだ達するには至らない。

「今のは俺が手を貸したから、カウントに入れない」

何のカウントかは聞かなくてもわかる。屹立に添えられた手は止まったままだ。

今のはイク寸前だった。あそこで触ってもらえていたら、きっと達することができたに違い

ない。

再度、強い快感を得るために、一馬は腰を上げた。

「……っ……」

肉壁を擦られ、息を詰めて体を震わせる。達するためだけの快感が欲しいのに、そこまでに至らない、ただ生殺《なまごろ》しのような快感が一馬に降りかかる。

神宮なら前立腺《ぜんりつせん》を狙《ねら》って的確に追い詰めることができるのだが、一馬では無理だ。自分で腰を上下させるだけでは、上手く良い場所に当たらない。

だが、一馬が動いたことで、神宮の手も動き出した。

今度こそ、このまま達してしまいたいと、一馬はなんとか腰を上げては落とすを繰り返す。そうして得られる快感よりも、神宮が屹立を扱き上げるほうが刺激が強い。

「も……もうっ……」

「ああ、このままイけばいい」

神宮もこれ以上、一馬を苛《さいな》む気持ちはなかったようだ。一馬が腰を落とし、奥深くまで呑み込むのに合わせて、激しく屹立を扱き上げられた。

「ああっ……」

声とともに迸《ほとばし》りが解き放たれる。ようやく訪れた解放感に、一馬はぐったりとして神宮に体を預けた。

「よく頑張ったな」

全く嬉しくない褒《ほ》め言葉にも一馬は返事ができなかった。言う気力もない。

「だが、もう少し付き合ってもらうぞ」

そう言って、神宮は力のなくなった一馬の腰を抱え直す。

「もう無理だ」

一馬は慌てて掠れた声で神宮を止める。

「お前は何もしなくていい」

「あくっ……ああっ……」

神宮はその言葉どおり、自分本位に一馬の体を揺さぶった。その乱暴《らんぼう》さに、限界が近いことが一馬にも伝わる。

神宮の息づかいは荒くなり、何かを堪えるように眉根を寄せている。神宮が一馬の体で感じているのだと、その全てが訴えていた。

急に神宮が片方の手を一馬の背中に回し、引き寄せた。まだ力の出ない一馬は、されるがままに抱きしめられる。

「……っ……」

神宮が息を詰めると同時に、一馬の体内に熱い迸りが解き放たれた。

神宮は一馬を抱きしめたまま、深く息を吐く。その息は一馬の首筋《くびすじ》にかかった。

これでようやく二人とも落ち着くことができる。一馬も神宮に揺さぶられ、中を刺激されていたけれど、疲れていたおかげで反応せずに済んだ。

「お前、またかよ……」

落ち着いたところで、一馬は中に出した神宮に不満をぶつける。

「大丈夫だ。ここならすぐに洗える」

「お前は何もするな」

まだ一馬を抱きしめたままの神宮を押し返す。神宮も力を入れていなかったのだろう。すぐに二人の間の距離は離れた。さらにその勢いのまま、一馬は腰を上げた。

「……っ……」

萎《な》えた神宮が体内から抜け出ていく感覚に震えが走る。だが、それを堪えて、最後まで引き抜いた。

一馬はふらつきながらも、バスタブの中で神宮と向かい合い、座り直す。

「洗わないのか？」

神宮がじっと一馬を見つめて言った。

「自分ではできないだろう」

神宮の言うとおりだ。これまでも神宮にされるのが嫌で、自分で何とかしようとしてみたことはあった。だが、どうしても自分で指を中に入れることができなかった。

「俺が洗ってやるから、一度、風呂を出ろ」

神宮のせいなのに、恩着せがましく言って、一馬を追い立てる。

言うとおりにはしたくないが、中をそのままにしておくと後で大変なことになる。それなら、神宮に頼むしかなかった。

嫌だという気持ちが強くて、一馬の動きが遅くなる。一馬は顔を顰めながら、時間をかけてバスタブから抜け出した。それに合わせて、神宮も立ち上がり、一馬のそばに立った。

ホテルにしては珍しく、バスタブの外に洗い場のあるバスルームだった。だから、シャワーも洗い場にある。

「それじゃ、バスタブに手を突いて、尻《しり》を突き出せ」

「なっ……」

神宮の言い草に一馬は怒りで絶句《ぜっく》する。

「それとも、赤ん坊がおしめを替える格好のほうがいいか?」

神宮が笑顔で提案してくる。

両方とも屈辱的な姿には違いないが、どちらがより恥ずかしくないかといえば、確実に前者だ。少なくとも神宮の顔を見なくて済む。

一馬は唇を嚙《か》みしめ、背を屈《かが》めてバスタブに手を突いた。すぐさま、神宮が一馬の背後に回り込んだ。

背後でシャワーの音がする。洗うための準備が始まった。

「あ……」

双丘にちょうどいい温度の湯が当たる。来るとわかっていたのに、声を上げずにはいられなかった。

「少し足を開け」

神宮が無情な命令を下す。

一馬は早く終わってくれることだけを願って、足を開いた。

「はぁ……」

神宮の指が後孔に侵入《しんにゅう》してくる。痛みも圧迫感もない。さっきまで性器にされていたそこは、どんな刺激にも快感を拾ってしまう。

一馬は熱い息を吐きながら、神宮の指を受け入れる。

掻《か》き出すように指がぐるりと中で回転した。肉壁を擦られ、着いた手が震え、力が入らなくなった。一馬は腕を曲げ、バスタブの縁にしがみついた。そうなると、足が自然と曲がっていき、尻の高さも下がっていく。

「あうっ……」

神宮に双丘を叩かれ、思わず声が出た。決して痛くはない強さだったのに、敏感《びんかん》になっているせいだ。

「なんだ、感じてるのか？」

からかうような言葉に体が熱くなる。けれど、それを知られたくなくて、一馬は顔を伏《ふ》せたまま言い返す。

「お前が……おかしな動かし方するからだろ……」

言い訳ではあったが間違いではない。それに、ただ中から掻き出すだけなら、もっと早く終わっていいはずだ。

「俺は洗ってるだけだ。お前が勝手に感じてるんだろう」

「嘘……吐け……」

神宮は今も明らかに、掻き出すだけとは思えない指の動きをしている。一馬は声を震わせながらも反論した。

「嘘じゃない。ちゃんと掻き出してる」

そう言って、神宮は曲げた指先を肉壁に押しつけながら引き抜いた。

「あうっ……」

一馬は出た声を押し殺そうと、曲げた腕に顔を押しつける。

「元気だな。昨日、あれだけ出したのに」

クスッと神宮が笑う。

神宮が何を見てそう判断したのか。それは一馬自身が一番よくわかっていた。さっき達したばかりだというのに、中心はまた硬さを取り戻している。

「お前が悪いんだろ」

中に指がなければ、一馬も余裕が持てる。一馬は振り返って、神宮に不満をぶつけた。けれど、神宮は全く気にした様子もなく、楽しそうに笑っている。

「あっ……」

笑顔のまま、神宮がまた一馬の後孔に指を差し入れた。

先ほどまでの行為で、もう中には何も残っていないのではないか。それなのに、神宮は指を動かし続ける。

「もうこんなになってるんだ。イきたいだろう?」

「いい……しなくていい……」

これくらいなら放っておけばそのうち治まる。むしろ、そうしたかった。一馬は首を横に振るが、神宮には届かない。

「遠慮するな。手伝ってやるから」

親切めいた言葉だが、一馬にはありがた迷惑でしかない。一馬はもうイきたくないのだ。だが、神宮は一馬の返事など聞かずに指を動かす。

今の指の動きで、さっきまでのは掻き出すためだという言い分も完全に嘘ではなかったのだと思い知らされる。

「は……あぁ……」

神宮の指に前立腺だけを狙って擦り上げられ、一馬の中心はますます硬さを増していく。一馬は堪らず自身に手を伸ばした。

いくら快感が激しくても、後ろだけの刺激では達することはできない。昨日と今日で、もう空《から》に近い状態だ。相当に追い詰められなければ無理だろう。

一馬は片方の手で体を支え、反対側の手で自身を扱き立てる。かなり強めに握《にぎ》った。それだけの力が必要だった。

一馬がイきづらくなっているのは神宮もわかっていることだ。だから、焦らされはしなかった。的確に最速で射精を促すように中の指が動く。

「も……もうっ……」

限界だと告げ、屹立の先端を強く扱いた。

一馬の声が届いたのだろう。神宮もまた一馬に合わせて、前立腺を指先で強く擦り上げた。

「くっ……ぅ……」

一馬はようやく精を解き放つことができた。

それほど長い時間ではなかったのに、疲労困憊《ひろうこんぱい》だ。一馬はその場に座り込み、荒い呼吸を繰り返す。

「お疲れ」

神宮はまるで何かのスポーツを終えたかのような言葉をかけ、一馬にビールの入ったグラスを差し出した。

「ぬるいよ」

一馬は飲み干してから文句を言う。

本当なら熱い風呂に入って、冷たいビールを飲むはずだったのだ。楽しみにしていたことを思い出し、それを邪魔した神宮にむかついてきた。

「お前、責任を持って新しいのを持ってこい」

「まだ風呂から出ないのか？」

神宮が呆れたように問いかける。

「お前のせいで、全然、楽しめてないんだよ」

ふてくされる一馬に、神宮は声を上げて笑いながらも、バスルームを出て行った。きっと新しいビールを取りに行ったのだろう。

一馬はシャワーで軽く体を流してから、再びバスタブの中に体を沈める。

「おい、ビールがもうないぞ」

神宮がバスルームに顔だけ出して、一馬に報告する。

そういえば、一馬が冷蔵庫を開けたとき、中に入っていた缶ビールは二本だけだった。缶チューハイもあったが、その気分はではないし、他にあったのは清涼飲料水の類《たぐい》だけだ。

「だったら、ルームサービスで頼めよ。お前が悪いんだから」

一馬が素っ気なく言い放つと、神宮が肩を竦めて息を吐いた。

「高く付いたな」

苦笑いして去って行く神宮に、一馬はほんの少しだが仕返しできたような気がして、一人で口元を緩めた。

7

一馬にとってはレイラの件はもう過去のことで、思い出すことさえなくなっていた頃、突然、レイラからメッセージが届いた。

「神宮、レイラから連絡が来た」

一馬は携帯電話のメッセージを開いて、神宮にそのまま突き出して見せた。いくら後ろめたいことがないといっても、隠し事をしただけであんな目に遭ったのだから、そうならないための対策だ。

「お前だけじゃなく、俺にもってことか」

神宮が携帯電話を見ながら呟く。

レイラからのメッセージには、助けてもらったことの礼がしたいから、一馬たち三人にご馳《ち》走《そう》したいと書かれていた。

「断るか？」

一馬にしてみれば、レイラとこの先も付き合っていく予定はないし、助けたといっても仕事をしただけで、礼なら言葉だけで充分だ。断っても問題ない。

「いや、行こう」

神宮が何かを決意したかのように真剣《しんけん》な顔で言った。

「マジで言ってる？」

一馬には信じられなかった。わざわざ一馬とレイラが会う機会を聞き入れるとは思わなかった。

「お前に脈《みゃく》はないと、はっきりとわからせるいい機会だ」

「まだ言ってんのか」

一馬は呆れて苦笑する。

「レイラって二十歳くらいだろ？」

レイラ本人に確認していないが、初めて会ったときにネットで調べた情報では十九歳だったはずだ。神宮もそれを覚えていて、そうだと頷いて見せる。

「それくらいの奴から見れば、俺なんておっさんだって」

「年上がタイプかもしれないだろう」

神宮はまだ引き下がらない。神宮からすると、一馬はかなりモテる男のようだ。神宮からの高評価は嬉しいが、いつまでも嫉妬され続けるのは厄介《やっかい》だ。

「わかったよ。じゃ、一緒に行ってお前と付き合ってるって言えばいいんだろ」

そう言うと、神宮が驚いたように目を見開いた。

「いいのか？」

「大丈夫だろ。あいつの秘密は握ってるんだ」

一馬はニヤリと笑い、わざと悪ぶって答えた。

本当はレイラなら喋《しゃべ》らないだろうと思っているからだったが、あえて、それを神宮に話して、また嫉妬させるほど、一馬も愚《おろ》かではない。

一馬と神宮の関係は公にはしていない。職業柄《しょくぎょうがら》、知られると困ることが多いからだ。それでも既に何人かには話していて、なおかつ二人の関係を認めてくれている。こんなに心強くて安心できることはない。その中にレイラが入るかどうかは、そのとき次第だ。言わずに済むなら、あえて言うつもりはない。

「秘密って、男だってことか」

一馬はそうだと頷いてから、

「驚いたろ？　全くわかんなくて」

「そうだな。実際に見ていなければ、信じられなかっただろう」

神宮にしては珍しく、しみじみとした口調で言った。もしかしたら、見抜けなかったことが悔《くや》しいのかもしれない。

「そういえば……」

神宮が何か思いついたかのように言った。

「お前はどうして、レイラが男だとわかったんだ？」

「えっ？」

想定外の質問が来て、一馬は咄嗟に取り繕《つくろ》えなかった。

きっかけは本当に偶然で、あれがなければ一馬も気づかなかったが、レイラは話すつもりでいたのだから、レイラ本人から聞いたと言えばよかった。なのに、突然の質問にすぐ答えることができなかった。それが神宮に不審感を抱かせたようだ。

「男だという証拠を見る機会があったのか？」

神宮が鋭《するど》い視線を一馬に向ける。

「いや、あれだ、俺が気づいたから、あいつも言うしかなかったんだよ」

「実際に見でもしないと信じられないと言ったばかりだが？」

神宮の指摘《してき》に一馬は言葉に詰まる。最初に詰まった時点で、言い逃《のが》れできないのはわかっていたことだ。

一馬は深く息を吐いた。そして、覚悟を決めて口を開く。

「あいつが倒れ込んできたときに、手が当たったんだよ、股間にな」

一馬の説明に神宮の眉間《みけん》に皺《しわ》が寄る。アクシデントとはいえ、一馬が他の男の股間に触れたことが気に入らないのだろう。だが、それは一馬にはどうにもできないことだ。そこまでは責任を負えない。

「……まあ、いいだろう」

完全に納得したわけではなさそうだが、一馬が嘘を吐いていないのはわかったようだ。神宮も仕方のないことだと認めたような顔になる。

「ってことで、行くって返事をすればいいんだな?」

「本条さんにも聞かないといけないだろう」

「ああ、それがあったか」

神宮に言われるまですっかり忘れていた大問題に、一馬は頭を抱える。

「どうした?」

神宮は不思議《ふしぎ》そうな顔をしている。あの後、早々に事件捜査に駆り出され、すっかり忘れていて、神宮には伝えていなかった。

「あのときの本条さん、本条さんじゃねえんだよ」

一馬が顔を顰め、忌々《いまいま》しげに告げた言葉に、神宮はそれだけで理解した。神宮も不快《ふかい》そうに眉根を寄せる。

「そういうことか」

神宮も忌々しげに呟いた。

「考えてみれば、本条さんが俺の部屋に来るわけがなかった」

神宮なりに本条の行動に違和感を持ってはいたらしい。そのとき気づけなかったのが悔しいようだ。

「なんで? あいつが言ってたように、俺を心配してならおかしくないだろ?」

本条は二人の関係を知っているし、神宮が異常に嫉妬深いことも知っている。やりすぎを心配してやってきたとしても不思議はない。一馬はあのときは全く本条のことを疑っていなかった。

「事件性もないのに、本条さんならそんな馬に蹴られるような真似はしない。俺がやりすぎないこともわかってるはずだ」

「いや、やりすぎたろ」

一馬は聞き捨てならないと神宮の言葉を否定する。意識を失うまで抱き潰《つぶ》されたことは記憶に新しい。

「ちゃんと加減はしてた。その証拠に、お前、普通に歩けただろう?」

そう言われて思い返してみれば、起きた直後に歩いて出かけ、なんなら走ってレイラの部屋まで駆けつけた。本当に酷《ひど》い状態なら、歩くことすら辛いはずだ。神宮の言い分に間違いがないのはわかったが、それで感謝できるかと言えば別問題だ。

「それで、本条さんはどうするんだ?」

「連れて行くわけにはいかないだろ。ジローに変装《へんそう》されてたなんて、どう説明するんだよ」

「そうだな。いろいろ面倒そうだ」

一馬は本条の心情を慮《おもんぱか》っているが、神宮はその手間を考えている。どちらにせよ、結果は同じだ。

「本条さん抜きで行くしかないだろうな」

「まあ、仕事が忙《いそが》しいってことにしとくか」

一馬も納得して、本条には連絡しないことで決定した。

レイラからは一馬たちの都合のいい日を指定してほしいとメッセージに記してあった。職業柄、忙しいことはわかってくれているようだ。だから、一馬と神宮の休みが重なっている日をレイラに教えた。本条はその日、捜査で抜けられないことに決まった。


一週間後、レイラと食事をする日がやってきた。

「そういや、今日はどっちの格好で来るんだろうな」

指定された店に向かいながら、一馬はふと思いついて言った。

「男だろう」

「なんで、そう思う?」

「また女の姿でお前に会ったら迷惑をかけるからだ」

神宮に説明され、そういうことかと一馬は納得する。

週刊誌にスクープされたのはそんなに前のことではないのに、一馬はすっかり過去のこととして忘れ去っていた。せっかくレイラ本人が否定してくれたのに、また会っていれば噂を肯定《こうてい》することになりかねない。

「それはそうとさ、ホントに奢《おご》ってもらっていいのかね」

助けてもらった礼だとは言っているが、十歳ほど年下のレイラにご馳走されるのはどうなのか。やはり自分たちが支払ったほうがいいのではないかと一馬は考えていた。

「気にするな。あいつは俺たちよりよほど稼《かせ》いでるぞ」

「マジで?」

一馬は驚いて尋ねる。

「企業とコラボした商品が馬鹿売れしてる。それも一つや二つじゃない」

「マジか……」

一馬は愕然《がくぜん》として呟く。一馬から見ればまだほんの子供なのに、そんなに大金を動かす仕事をしているのが信じられない。

「ってか、なんで、そんなに詳しいんだよ」

「お前に関わる人間は、調べ尽くす必要がある」

「真顔で言うなって。怖いよ」

神宮ならやりかねないだけに、一馬は身震いしてみせる。もっともそれで迷惑がかかるわけではないので、やめろとは言えない。

そんな話をしているうちに、目的の店に到着した。レイラは既に来ているとのことで、店員に伝えると、すぐにその席へと案内してくれた。個室だ。

「待たせたか?」

部屋に入ると、テーブルについて既に何か飲んでいる様子のレイラに、一馬は腕時計で時刻を確認して尋ねた。

「大丈夫。気持ちを落ち着かせようと思って早く来ただけだから」

神宮が言ったように、レイラは少年の姿だった。それでレイラの声なのだから、やはり違和感はある。初めに少年の姿で出会っていたら、そんなことは思わなかっただろうが、女装の印象が強すぎた。

一馬と神宮が空いた席に座ると、

「本条さんは?」

遅れてくるのかと、レイラはドアを見ながら尋ねた。

「仕事で来られない」

「いなきゃ、駄目か?」

素っ気なく答えた神宮に続き、一馬が尋ねる。

「駄目に決まってるじゃん」

レイラが強い口調で言い切った。まさかそんな返事が来るとは思わず、一馬は啞然として、神宮を見た。神宮の表情は変わっていないが、何も返さないところを見ると、レイラの言葉に戸惑《とまど》っているのだろう。

「なんで、本条さんが来ないと駄目なんだ？」

先に気を取り直した神宮がレイラに尋ねる。

「だって、そっちがメインなのに」

レイラが拗《す》ねたように口を尖《とが》らせた。

「ちょっと待て。もしかして、本条さんに惚《ほ》れたとか……」

「だってかっこいいんだもん」

照れくさそうに笑いながらも、レイラは一馬を遮《さえぎ》ってまで、本条に一目惚れしたのだと主張した。

一馬は思わず横にいる神宮に顔を向ける。さすがの神宮も驚いた表情で一馬を見返す。全く思ってもみなかった展開だ。

これが本当に本条であったのなら、一馬たちもこんなに動揺しなかった。だが、あのときの本条の中身はジローだ。一目惚れなら外見なのだから、本物の本条でもいいかもしれないが、説明はできない。

「どこがよかったんだ？　お前からすれば、相当おじさんだろ」

「あんなにかっこいい人は、おじさんって言わないの」

レイラの理屈《りくつ》に一馬は首を傾げる。

一馬は本条を刑事としては尊敬《そんけい》しているが、イケメンだとは思ったことがなかった。だからこそ、レイラの言い分に納得がいかない。

「顔だけなら、俺たちのほうが断然かっこいいだろ」

「はあ？」

一馬の主張にレイラが即座に反応する。

「何言ってるの。本条さんのほうが断然かっこいいじゃない。大人だし、ちょっとワイルドな感じなのに紳士的《しんしてき》だし、いい体してたし……」

「どこ見てんだよ」

一馬の突っ込みもレイラには届かない。レイラはいかに本条がかっこよかったのかを語り続け、一馬と神宮をうんざりさせる。

「俺たち、何をしに来たんだったか？」

「この演説をBGMにメシを食うため？」

レイラはあらかじめ、一馬たちが到着したら料理を運ぶよう、頼んでいたらしい。だから、演説中にも店員がやってきて、テーブルに料理を並べていく。一馬と神宮の元にはビールまで運ばれていた。相づちを必要としない演説のため、一馬たちはそれらを飲み食いする以外にすることがなかった。

「あ、そうだ。本条さんって独身？」

不意に我に返ったのか、レイラが身を乗り出して尋ねてきた。いくら恋心を募《つの》らせても、妻《さい》帯者《たいしゃ》ならアプローチはできないということなのだろう。

「ああ、独身だ」

「恋人は？」

「いなかったと思うけど、そんなプライベートな話はしないしな」

同意を求めるように一馬は神宮を見た。もしかしたら、科捜研《かそうけん》内でそんな噂話があったかもしれないが、神宮も知らないと一馬に頷いて見せる。

「じゃあ、まず、そこを確かめてきて」

レイラはビシッと一馬を指さして言った。

「いやいや、なんで俺たちが」

一馬はそんなことをする筋合《すじあ》いはないとレイラに訴えるが、神宮はもう一馬に任せたとばかりに、視線を逸《そ》らして知らん顔をしている。

「今日、連れてきてくれなかったから」

「知るか。それなら最初に言っとけ」

一馬は呆れて突き放す。もっとも言われていたとしても、本条を連れてくることはできなかったが、恋人がいるかどうかぐらいは調べられた。

「神宮さんは？　本条さんとよく会う？」

素知らぬ顔をしていた神宮だが、指名されては答えないわけにはいかない。神宮は呆れたような溜息を吐いてから、

「仕事で顔を合わせることはあるが、親しいわけじゃない」

ことさら、素っ気なく答えた。

突き放したような答え方は、きっとレイラの要求を断るためだ。人付き合いのよくない神宮にすれば、連絡先を知っている本条は親しい部類に入るはずだ。

「使えないなぁ」

憮然《ぶぜん》としたレイラの言葉に、さすがの神宮も驚いた顔で固まった。きっとこんな言葉を投げかけられたことがないのだろう。

「それじゃ、本条さんの話を聞かせて」

レイラは一歩も引かないという態度で、なおかつ二人を逃がさないというふうに、テーブルに身を乗り出す。どうやらせっかくの料理を食べることさえできないらしい。

いったいここに何をしに来たのかと、一馬と神宮は顔を見合わせ、深い溜息を吐いた。


約二時間経過して、ようやく一馬と神宮はレイラから解放された。

疲労感は半端《はんぱ》なかった。二人とも同じ職場ではないから、それほど本条の情報など持ってい